# Franz. Weller

# Weltausstellungs-Album: Erinnerung an Wien 1873

**Franz. Weller**

# Weltausstellungs-Album: Erinnerung an Wien 1873

Unveränderter Nachdruck der Originalausgabe von 1873.

1. Auflage 2024  |  ISBN: 978-3-38634-838-6

Antigonos Verlag ist ein Imprint der Outlook Verlagsgesellschaft mbH.

Verlag: Outlook Verlag GmbH, Zeilweg 44, 60439 Frankfurt, Deutschland, info@outlook-verlag.de
Vertretungsberechtigt: E. Roepke, Zeilweg 44, 60439 Frankfurt, Deutschland
Druck: Libri Plureos GmbH, Friedensallee 273, 22763 Hamburg, Deutschland

VIRIBUS
UNITIS
WISSEN
KUNST
HANDEL
GEWERBE
Weltausstellungs-Album.
Erinnerung an Wien.
1873.
VERLAG VON R. v. WALDHEIM IN WIEN.

# Weltausstellungs-Album.

## Erinnerung an Wien

## 1873.

Mit beschreibendem Texte

von

### Franz Weller.

### Illustrirt von B. Katzler und C. Juch.

Holzschnitte aus der artistischen Anstalt von R. v. Waldheim in Wien.

Druck von R. v. Waldheim.

Am 1. August 1871 war, nachdem die Abhaltung einer internationalen Welt-ausstellung für das Jahr 1873 in Wien durch Seine Majestät den Kaiser Franz Josef I. genehmigt worden war, die erste Kundmachung ergangen, mit welcher die Eröffnung der Bureaux der Wiener Weltausstellungs-Direction bekannt gegeben wurde.

Diesem ersten Lebenszeichen des großen internationalen Friedenswerkes folgte rasch die Ernennung des Herrn E.H. Carl Ludwig zum Protector und jene des Herrn E.H. Rainer zum Präses der Weltausstellungs-Commission, sowie die Berufung des Freiherrn von Schwarz-Senborn, dem seine Stellung als Bevollmächtigter Oesterreichs bei den früheren Ausstellungen in Paris und London Gelegenheit gegeben, reiche Erfahrungen zu sammeln, zum Oberleiter des Unternehmens, das die Producte des Kunstsinnes, sowie des Gewerbe-fleißes, der Natur-, sowie der Menschenkraft aus aller Herren Länder in der schönen Kaiserstadt an der „blauen Donau" vereinigen sollte.

Am 18. September 1871 begann eine Abtheilung von Genietruppen unter Commando des Obersten Werner die Arbeiten auf dem im k. k. Prater für die Ausstellung bestimmten Platze, der sowohl durch die Schönheit seiner Lage, als auch in Hinsicht der räumlichen Ausdehnung die Flächeninhalte der früheren Expositionen in London und Paris weit übertraf. Während die Londoner Aus-stellung 1851 (Hydepark) 81.591 ☐ Meter, jene 1862 (Brompton) 186.125 ☐ Meter, die zu Paris 1855 (Champs Elysées) 103.156 ☐ Meter und schließlich jene 1867 (Champ de Mars) 441.750 ☐ Meter Bodenfläche in Anspruch nahmen, hat der Wiener Ausstellungsplatz eine Ausdehnung von 2,330.631 ☐ Meter.

Mit unermüdlichem Fleiße wurde nun an der Ausführung des Bauprojectes, das nach einem älteren, stark modificirten Plane der verstorbenen Architekten Siccardsburg und Van der Nüll, von dem Wiener Architekten Carl Hasenauer entworfen worden, gearbeitet und es bedurfte, trotz der Begünstigung, die ein äußerst milder Winter gewährte, des Aufbietens aller Kräfte, das Riesenwerk in der gegebenen, verhältnißmäßig kurzen Zeit so weit gedeihen zu machen, daß die Eröffnung am 1. Mai 1873 vor sich gehen konnte.

Den Haupteingang in den Ausstellungsrayon bildete

das Südportal,

welches dicht an die Haupt-Allee des Praters, in welcher die Wiener Corso-Fahrten stattfinden, verlegt wurde; er bestand aus einem mit Wappen und Fahnen reich gezierten Mittelpavillon, dem Einfahrtsthore für den Hof und die hohen Gäste, dann mehreren kleineren Seitenpavillons, in denen die Cassen und Tourniquets, welche jeder Eintretende zu passiren hatte, untergebracht waren.

Ein breites Plateau, mit Springbrunnen und Blumenbeeten geziert, in der Mitte von der, zum Hauptportale des Ausstellungspalastes führenden Kaiser-Allee durchschnitten, dehnte sich aus vor dem Beschauer. Zur Linken befanden sich die Ge-bäude und Bureaux der Generaldirection, rechts jene für das Post- und Telegraphenamt.

Gedeckte Verbindungsgänge führten von den Eingängen bis in den Industriepalast.

Wir behalten uns die Schilderung des Hauptgebäudes, sowie der Rotunde, die sich fahnengeschmückt, die Kaiserkrone auf der Spitze, über dasselbe erhob, für später vor, und bitten den freundlichen Leser, uns unverdrossen auf dem Rundgange zu folgen, den wir durch den weiten Ausstellungsrayon unter-nehmen, um all' die Herrlichkeiten, welche derselbe enthielt, in kurzen Umrissen schildern zu können.

Wir wenden uns dem Osten zu. Ein zierlicher, säulengeschmückter Pavillon, von dem die kaiserliche Fahne weht, erhebt sich inmitten reizender Gartenanlagen. Es ist dies

## der Kaiserpavillon.

Eine Reihe der hervorragendsten österreichischen Künstler und Industriellen hatte es übernommen, die Decorirung und innere Ausstattung dieses Pavillons auszuführen, und ihre Aufgabe auch in der glänzendsten Weise gelöst. Das Gebäude enthält ein Vestibule, zu dem eine breite Freitreppe den Zugang vermittelt, und vier Salons: für den Kaiser, die Kaiserin, die Erzherzoge und die Erzherzoginnen. Blaue, golddurchwirkte Tapeten bekleiden die Wände des für die Kaiserin bestimmten Salons, in harmonischem Einklange mit dem Weiß der Thüren und der Decke, welch' letztere mit farbigen Arabesken und einem auf blauem Atlasgrunde gemalten Mittelschilde geziert ist. Ein Kamin von cararischem Marmor, kostbare Spitzenvorhänge, Spiegel und, gleichfalls mit blauem, golddurchwirkten und auf das Reichste, mit in bunter Seide gestickten Stoffen bekleidete Sitzmöbel vollenden die herrliche Ausstattung dieses Salons, auf der wir mehr als ein schönes, weibliches Auge voll stillen Verlangens haften gesehen. — Nicht minder prächtig zeigte sich dem Auge der Salon des Kaisers, dessen Wände eine goldgelbe Tapete, mit Ornamenten von rothem, geschnittenen Sammt verhüllten, der entsprechend auch die Portièren, Vorhänge und Möbel mit rothem Sammte, mit reichen Borduren abjustirt waren. Thüren und Decke bestanden aus schwarzem Holze mit Goldverzierung, der Kamin aus schwarzem glänzenden Marmor. Der Kaiserpavillon konnte mit Recht selbst eine glänzende Ausstellung der österreichischen Industrie im Kleinen genannt werden, zu welcher sich Kunst und Gewerbe brüderlich die Hand gereicht, das Auserlesenste zu schaffen.

Von dem prächtigen Tusculum, welches die Wiener Bürgerschaft dem Kaiser auf dem Ausstellungsplatze errichtet, gelangen wir zu einem kleinen niedlichen Häuschen, mit Balkon und Thurmzimmer, von dem eine Fahne wehte mit der Inschrift „Martin Kien, Patent".

## Kien's zerlegbares Wohnhaus

ist ganz aus Holz, läßt sich leicht auseinandernehmen und an jeder beliebigen Stelle wieder zusammenfügen. Das Erdgeschoß enthält einen Salon, Damenzimmer, Boudoir, Veranda und Küche, das 1. Stockwert in dem erwähnten Thürmchen ein Herrenzimmer. Die Treppe zu diesem ist an der Außenseite des Hauses angebracht und führt zugleich auf die Terrasse. Luxus und Comfort im Vereine haben das Innere des Häuschens zu einem kleinen Paradiese geschaffen, in dem sich's ganz herrlich wohnen müßte.

An dies, ebenso niedliche als praktische Ausstellungs-Object, schloß sich der Glaspavillon von Stark, und dann ein ziemlich großes, in Kreuzform errichtetes Gebäude: „Der Pavillon des kleinen Kindes". Ein Rundgang durch denselben gewährte den reizendsten Anblick. Zwei kleinere Zimmer beiderseits des Haupteinganges enthielten das eine japanische, das andere chinesische Spielwaaren, Kinderwagen und Sessel u. s. w., die durch ihre baroken Formen viele Aufmerksamkeit erregten. Der Hauptinhalt des Pavillons bestand aus Spielwaaren jeder Art, in einem Theil desselben aber befanden sich reichhaltige Collectionen von, dem Fassungsvermögen des Kindes angepaßten Unterrichtsmitteln, Musikinstrumenten, — sowie Gypsmodelle über die gute oder schlechte Haltung sitzender, schlafender oder an der Hand geführter Kinder. Die beiden Seitengemächer am südlichen Ende enthielten eines die Einrichtung eines englischen Kinderzimmers, das zweite jene einer Krippe (Crèche), beide vollendet in ihrer Art und Objecte allgemeiner Bewunderung. Aber nicht die ausgestellten Sachen allein, alle die Massen von Gegenständen, deren man zur Erziehung und Heranbildung eines Kindes bedarf, und die hier in reicher Auswahl, einfach und kostbar, für alle Stände bemessen, zur Schau lagen, waren es, was uns entzückte — weit mehr die neugierigen, prüfenden, billigenden oder verwerfenden Blicke der Frauen, für welche just dieser Pavillon ein unbestreitbar hohes Interesse hatte. Freilich blieb uns dies Entzücken nicht immer ungetrübt. Da wandelte eine stolze, prächtig gekleidete Frau durch die Räume, eine Dame von Welt, eine Mutter, die jedoch nicht viel Zeit hatte, sich um ihre Kinder zu bekümmern und die Sorge für dieselben willig Bonnen, Gouvernanten und Hofmeistern überließ. Für sie hatte Alles, was hier zu sehen war, natürlich nur wenig Werth, und wenn sie den Pavillon überhaupt betreten, so war es nur geschehen, weil er eben zum Ganzen gehörte. Wie ganz anders dagegen betrug sich jene Frau im einfachen netten Kleidchen, am Arme eines jungen Mannes, dessen bescheidener Anzug errathen ließ, daß kein Crösus in ihm stecke. Wie aufmerksam sie Alles besah, wie sich beim Anblick dieses oder jenes Gegenstandes der lebhafte Wunsch von ihrem Antlitze lesen ließ: Ach hätte ich das für mein Kind! — Und wenn sie darüber einmal mit dem Gatten sprach, da lächelte er ihr freundlich zu, preßte ihren Arm fester um den seinen und meinte: „das sei nur für die reichen Leute." — Dann gingen sie weiter zu dem großen, festlich geschmückten Christbaume, der sich inmitten des Baues fast bis zur Decke erhob und stets von einer Schaar frischer, munterer Kinder umlagert war, die bewundernd nach all' den Herrlichkeiten blickten und sich nicht klar werden konnten darüber, wie es auf einmal, mitten im Sommer, Weihnachten geworden.

An dem Pavillon für österreichische Eisenindustrie vorüber, kam man zum

## Pavillon des Kaisers von Russland,

der mit seiner eigenthümlichen Bauart und der gold- und hellgrüncarrirten Bedachung den Blick schon von Weitem anzog.

Unter einem zierlichen Vorbaue, für die Durchfahrt der Wagen bestimmt, öffnete sich die Eingangsthüre in einen ziemlich geräumigen Salon, der von Gallerien umgeben war und sein Licht theilweise von den Fenstern des ihn um einen Halbstock überragenden Mittelbaues empfing. Ein Seitentract des Pavillons enthielt noch ein Rauch-, dann ein in zarten Farben decorirtes Schlafzimmer mit Alkoven, in dem sich ein Hausaltar und das in keinem russischen Hause fehlende ewige Licht befanden. Die innere Ausstattung all' dieser Räume war eine so prächtige, wie sie dem Range des Bewohners entsprach. Die Möbel der Halle waren von Eichenholz, mit rothem Sammt überzogen und einem schwarz-goldenen Brocatbande gedeckt. Jene des Schlafgemaches besonders schön und zierlich, aus weißem Ahorn gearbeitet; über dem Bette prangte das Hauswappen der Romanoff. Eine breite Treppe führte an der Außenseite des Hauses auf eine rings um den Oberbau laufende Gallerie.

In den Gartenanlagen, welche den Pavillon umgaben, befand sich noch ein kleines Gebäude, das in seinem Innern Rennthiergespanne mit Schlitten, einen sibirischen Eisbären, Pelzkleider u. dgl. barg und Freunden der Zoologie manch' Interessantes und Sehenswerthes bot, und das primitive kirgisische Zelt, in dessen Innerem sich Puppen im Nationalcostume befanden.

Gegenüber des eben geschilderten Baues erhob sich, aus Holz und Eisen construirt, von einem hohen vollaufgetakelten Maste überragt, der

## Pavillon des österreichischen Lloyd.

Die regsame Handelsgesellschaft, deren Schiffe die österreichische Flagge allen Meeren des Orients bekannt gemacht, beweist durch den Aufschwung, den sie genommen, daß Oesterreich auch auf dem Meere eine Zukunft habe. Im Innern barg der Pavillon eine Sammlung von Schiffsutensilien und Schiffsmodellen, nach ihren Ausrüstungsarten geordnet, Anker, Taue, Sprachrohre und Compasse, kurz Alles, was zur vollständigen Ausrüstung eines Schiffes erforderlich ist. Den Ehrenplatz nahm eine colossale Maschine mit Schraube und Steuerruder ein; die Wände zierten Karten der Gebiete, welche der österreichische Lloyd befährt.

Bevor wir weiter schreiten, müssen wir den Leser zurückführen in die Nähe des Post- und Telegraphengebäudes, um von hier aus das freundliche schattige Wäldchen, welches sich längs der Südseite des Ausstellungsrayons erstreckt, zu durchwandern. Waren die Objecte, welche wir bis nunzu in seine Erinnerung zurückzurufen versucht haben, theils belehrender, theils praktischer Natur, theils Proben der Cultur oder der Baukunst einzelner Länder, so kommen wir nun zu einer Reihe von Baulichkeiten, deren Zweck dem Dienste dessen geweiht ist, was, wie ein altes Sprichwort besagt, Leib und Seele zusammenhält: dem Essen und Trinken.

Zuerst, in unmittelbarer Nähe des Postgebäudes, erhob sich die

## italienische Restauration,

deren Giebel die Wappenschilder sämmtlicher italienischen Provinzen trug. Vor dem Hause dehnte sich eine geräumige Terrasse aus, von der man in die lichten und luftigen Salons des Erdgeschosses gelangte. Freunde der italienischen Küche fanden hier all' die Leckerbissen, welche Land und Meer des Südens erzeugen, all' die süßen köstlichen Weine, die herrlichen Früchte, welche unter dem ewig blauen Himmel Italiens reifen und gedeihen.

In geringer Entfernung von dieser Pflegestätte der italienischen Kochkunst, in vornehmer Abgeschlossenheit, befand sich die

## Restauration der Frères Provençaux,

der Vereinigungspunkt aller Jener, welche sich, sei es ihrer Geburt, oder ihres Geldes wegen, zur „Gesellschaft" zählen oder als dazu gehörig betrachtet sein wollten. Der mit Tischen bestellte und mit schattenspendenden Zelten überdachte Platz vor dem Restaurationsgebäude bot ein buntes, bewegtes Bild von schönen Frauen, eleganten Herren, Stutzern, die wir von den Vorgenannten wohl unterscheiden, wirklichen Damen und Dämchen, wie sie Grevin, der geniale Zeichner des „Journal amusant" so köstlich zu portraitiren versteht. An nur wenigen Tischen fehlten die eisgefüllten Kübel, aus denen die silberumgürteten Hälse dunkelleibiger Flaschen hervorguckten, und überall wurde französisch parlirt, hier mit der vollen Reinheit und Grazie des gebornen Franzosen, dort mit der Fertigkeit, wie sie jahrelange Uebung verleiht, und hier im schauerlichen Jargon des Börsenjüngels, der sechs Monate vor Eröffnung der Ausstellung seine Studien im Englischen und Französischen begonnen hatte und dem der „große Krach" noch so viel übrig gelassen, einmal bei den „Franzosen" zu diniren.

Aus dem unruhigen, lebenswarmen Frankreich wandern wir dem kalten, bedächtigen Rußland zu. Ein, im russischen Bauernstyl errichtetes Gebäude, eine Art Blockhaus, aus Balken gefügt, deren an den Ecken hervorragende Querschnitte in bunten Farben prangen, an der Vorderseite eine kleine, von einem Giebel überdachte Veranda, und von einer hübschen, gebohnten Anlage umgeben, zeigte sich unseren Blicken

## die russische Restauration.

Auf dem Büffet im Innern prangten hellglänzende riesige Samovars, in denen die Wasserfluthen brodelten und zischten, welche für die Bereitung des Thee's nöthig waren; Berge von Caviar und gesalzenen Fischen, Bärenschinken und Rennthier-Cotelets harrten der Liebhaber, und ganze Batterien von Flaschen, gefüllt mit dem Feuerwasser, das dem echten Russen wie Milch durch die Kehle rinnt, unser Einem jedoch das Thränenwasser in die Augen treibt und den Athem verlegt, zeigten ihre bunten Etiquetten. Die Kellner mit rothen oder blauen, um die Mitte des Leibes durch goldene Gürtel zusammengehaltene Blousen, weiten Beinkleidern und hohen Stiefeln, echte Söhne des „heiligen Rußland", bedienten die Gäste geschäftig, aber schweigend. Es wehte russische Luft in dem Pavillon.

Echte Wiener Luft, wenn auch etwas mit Nicotin versetzt, athmete man gegenüber in dem zierlichen Pavillon der

### Wiener Specialitäten-Trafik.

Die liebenswürdigen Verkäuferinnen erwarben sich unsterbliche Verdienste um die rauchlustige Männerwelt und manch' warmfühlendes Herz hat über den freundlichen Augen und dem milden Lächeln der Huldinnen dieses Tempelchens fast vergessen, daß es noch mehr zu sehen und zu bewundern gibt im gelobten Lande der Ausstellung.

Eben so lustig, nur etwas freier, bewegte man sich in und vor dem zierlichen Bauernhause, in dem die grüne Steiermark durstigen Seelen Proben der Weine, welche auf ihren Bergen reifen, in beliebiger Menge zum Kosten reichte, — wo an langen kunstlos gezimmerten Tischen Mann an Mann gereiht saß und mit Kennermiene das süße Labsal in die Kehle goß, — vor dem

### steierischen Weinhause.

Dralle Töchter des Landes versahen die Durstigen mit dem gewünschten Labsal, und so gelenk sie auf ihren bestiefelten Füßchen, welche die kurzen, grünumsäumten Röckchen nicht neidisch verbargen, hin und wieder eilten, ebenso gelenk waren auch die Zünglein, die auf die scherzenden Fragen gar treffende Antworten zu geben wußten. Luttenberger, Adelsberger und Nachtigaller, auch Champagner, credenzten die Nymphen des Steierlandes; aber die Trauben des letzteren sind nicht in der goldenen Sonne der berühmten Champagne großgezogen worden, — nicht la Veuve Cliquot, Moët Chandon oder Röderer sind Pathen gestanden bei diesem perlenden Weine, es war — Kleinoschegg; und wer am Tage nach dem Genusse ein schmerzliches Hämmern im Kopfe fühlte, der mochte sich selbst fragen, ob er dies dem Weine oder den Bemühungen der biederen steirischen Musikanten zu danken habe, die mit Zither, Guitarre und Pickelflöte die trauten Lieder der Heimat vortrugen und von der munteren Amsel im Käfig, oder der Eingangsthüre in das Haus, wacker accompagnirt wurden.

Aus der grünen Steiermark gelangten wir ohne Mühe und Fährlichkeit, ohne Seekrankheit und sonstige Reisebeschwerde, nach „jenseits des Oceans", zum

### Wigwam des Indianers.

In Wirklichkeit gewähren die Wohnstätten der freien, von der Cultur noch nicht beleckten Söhne Central-Amerikas wohl einen anderen Anblick, als dies zierliche Zelt aus getheerter, mit bizarren Figuren und Arabesken bemalter Leinwand, welches lediglich als Modell der Form und Größe dieser Wohnungen betrachtet werden darf. Dafür hauste aber auch kein wilder, rothhäutiger Krieger in demselben, der die Tomahawk bewehrte Hand nach dem Haupte des Besuchers erhob, um dessen Scalp als Trophäe zu gewinnen; sondern muntere, freundliche Nigger, immer zum Lachen und Singen aufgelegt, wirthschafteten in und um eine breite rundumlaufende „Bar", auf der Kuchen und Backwerk, Eis und Früchte und eine Armee von Flaschen mit Wein vom Ohio, mit old Sherry, Claret oder Champagner, mit Gin, Brandy, Ale u. s. w. sich in malerischer Ordnung gruppirten. Sherry-Cobbler, Mint-Julep, Catawba-Cobbler, Milk-Punsch, und wie sie alle heißen, die stark mit Rum versetzten Getränke, die man durch Strohröhrchen aus halb mit Eisstücken gefüllten Gläsern saugt, haben eine Menge von Liebhabern gefunden, und die reizende Lage des Wigwams, inmitten hoher schattiger Bäume, lockte immer Leute dahin, wo die schwarzgesichtigen Garçons in ihren blendendweißen Jacken die Honneurs machten und mit freundlichem Lächeln, das die weißen Zähne vom ersten bis zum letzten sichtbar werden ließ, zum Sitzen einluden.

Wir verlassen die Region des Essens und Trinkens, um uns wieder neuerdings Orten, an welchen geistige Genüsse geboten wurden, zuzuwenden.

Vom Zelte der Indianer aus, gelangte man mit wenigen Schritten an den Saum des Wäldchens; ein hoher luftiger Bau, im Hintergrunde und an den Seiten abgeschlossen, nach vorne hin offen und von schlanken Säulen getragen, war auf seinem Giebel mit einer von Schwänen gehaltenen Lyra geziert, die seine Bestimmung ohne Mühe errathen ließ. Es war

### der Musikpavillon.

Das Orchester, größtentheils aus Mitgliedern der entbehrlich gewordenen Curkapellen von Baden-Baden und Wiesbaden recrutirt, versammelte stets ein vielköpfiges, dankbares Publikum um den Pavillon, und selbst die zahlreichen Sesselreihen füllten sich nach und nach, als der Eigenthümer derselben die horrenden Miethpreise, die er bei den ersten Productionen der Capelle gefordert, in klugem Verständnisse seines eigensten Interesses, um mehr als die Hälfte herabminderte.

Der Platz vor dem Musikpavillon, offiziell auch „Mozartplatz" benannt, wurde nachgerade bald das Rendezvous der „Ausstellungs-Bummler", denen es „drinnen schon zu langweilig war", die den „Tandelmarkt schon von Paris und London her" kannten oder zu kennen vorgaben, und die sich weit lieber hier herumtrieben, um mit dem Monocle die „verdammt" hübschen Frauen und Mädchen zu bewundern, die aus aller Herren Länder nach Wien gekommen sind. Solche Käuze muß es auch geben!

Links von dem Musikpavillon ragte ein 120 Schuh hoher Waldriese, den Brasilien zur Ausstellung gesandt, empor. Es war dies der

## Drachenbaum,

der in seiner Heimat zuweilen die fabelhafte Höhe von 3—400 Schuhen erreichen soll. Derselbe wurde, in mächtige Klötze zerlegt, hiehergebracht, die, im Innern mit eisernen Stangen verbunden, auf einander gestellt wurden. Vom Gipfel flatterte die brasilianische Flagge.

Rechts des Musikpavillons erhob sich, aus Eisen und Glas construirt, das

## Palmenhaus von Waagner

und an dieses grenzten der Garten und die Gebäude der Blumenausstellung, die für Freunde der Horticultur viel des Sehenswerthen und Lehrreichen, für Liebhaber von Blumen und exotischen Pflanzen überhaupt eine reizende Augenweide boten.

Eines der herrlichsten Bauwerke im Ausstellungsrayon, das mit vollem Rechte einen Hauptanziehungspunkt für alle Besucher bildete, war die unvergleichlich schöne

## Baugruppe des Vicekönigs von Egypten.

Der Gesammteindruck dieser Gebäude mit ihren, in harmonischen Farben prangenden Außenseiten, den schlanken zierlichen Minarets, der prächtigen Kuppel, welche die Moschee überwölbt, den luftigen Balcons und dem zierlichen Gegitter der Fenster (Muscharabies), war ein überraschender und erhob die ganze Gruppe weit über den Rang eines Objectes, das nichts weiter befriedigen sollte als die gewöhnliche Schaulust.

Ein Hofraum trennte die Hauptgebäude von dem egyptischen Bauernhause, das sich Grau in Grau, von ziemlich düsterem Aussehen, aber weit und geräumig in seinem Innern, hinter denselben erhob. Kleine, tiefer als die Gehwege liegende, von steinernen Einfassungen umgebene Blumenbeete dienten dem Hofraume als Schmuck; in einer Ecke desselben befand sich der primitive egyptische Brunnen, der das zur Bewässerung des Gartens nöthige Naß liefert, und dessen Heberad (die Sadieh) durch ein Kameel oder, wie hier, durch einen Esel, der mit anerkennenswerther Geduld im Kreise herumwandert, in Bewegung gesetzt wird.

Ein zweiter, kleinerer Hof befindet sich inmitten des Gebäudes, rechts und links von offenen Hallen begrenzt, deren Plafonds in reichem Gold- und Farbenschmucke prangen, und von dem aus sich auch der Eingang in ein kleines, schwach erleuchtetes Vorgemach öffnet, das Jeder zu passiren hat, der in das Heiligthum des Hauses, in den Harem, gelangen will. Hoch oben in dem Gemache ist ein hölzerner, dicht vergitterter Erker, der Aufenthalt des wachhaltenden Eunuchen, der von dort aus, ohne selbst gesehen zu werden, jede Person erblicken kann, welche unten vorüberwandelt. Im Erdgeschosse befindet sich auch die „Mandarah", der Empfangssaal des Hausherrn für männliche Besucher, ein großes luftiges Gemach, in dessen Mitte ein kleiner Springbrunnen Kühlung verbreitet.

Wer vermöchte alle die Herrlichkeiten zu schildern, die kostbare Ausschmückung der Wände, die reichen üppigen Divans, die zierlichen Tischchen, die prächtigen, gestickten Kissen und Teppiche, all' die Tausende von köstlichen Nippsachen und Dingen, mit welchen der reiche Orientale das goldene Gefängniß seiner Frauen ausschmückt. Der raffinirteste Luxus des Abendlandes bleibt das Werk eines Stümpers gegenüber den fantastischen Schöpfungen des Orientes, und beim Anblicke all' dieser duftenden, glänzenden Herrlichkeiten kehrte die Erinnerung wieder an die reizenden Märchen von „Tausend und eine Nacht", an welchen sich die Fantasie des Kindes so oft ergötzt hatte.

Das belebende Element, das, was diesen köstlichen Räumen den höchsten, berauschendsten Reiz verleiht, fehlte freilich; aber wer sich einiger Fantasie rühmen konnte, der mochte sich immerhin in die weichen Kissen sinken lassen und die Augen schließen, um sich im Geiste inmitten einer Schaar reizender Frauen zu sehen. Hier bot ihm die glutäugige Circassierin die Bernsteinspitze des Nargileh, nachdem sie dieselbe früher mit den rosigen Lippen berührt, dort credenzte die schlanke Tochter aus den Gefilden von Marathon den duftigen Mokka, während auf dem Kissen zu seinen Füßen das braune Kind aus Nubien die Gusla spielt und mit weicher Stimme ein Liebeslied singt.

Man konnte so süß und herrlich träumen, aber — da schmettern vom Musikpavillon herüber die Klänge eines Strauß'schen Walzers und zerstören den Traum, indem sie uns zurückrufen an den Strand der „schönen blauen Donau".

Gleich kostbar ist die Ausstattung der übrigen Räume des Palastes, besonders der für den Vicekönig reservirten Gemächer, von fesselndem Eindrucke das Innere der Moschee, die herrliche Ausschmückung der Kuppel. Von der Gastlichkeit des Orientalen zeugte die Bewirthung mit echtem, würzigen Mokka, mit wohlriechendem Latakia im langrohrigen Tschibut, der den Besuchenden angeboten wurde.

Von hohem Interesse ist das Grab Numhotep's, des gepriesenen Nomarchen der alten Egypter, eine treue Nachbildung des zu Beni-Hassan in Mittel-Egypten, 2500 Jahre vor Chr. angelegten Felsengrabes, zu der man von dem äußeren Hofe aus gelangt. Eine dunkle Halle, deren Decke von Säulen getragen wird, zeigt an den Wänden, in genauer Wiedergabe des Jahrtausende alten Originals, Darstellungen aus dem Leben der alten Egypter. Jagd, Krieg, Schifffahrt, alle möglichen Gewerbe, Bäcker, Fleischer, Ackerbauer, Volksbelustigungen, Hochzeit und Leichenzug, bis zur Einbalsamirung eines Verstorbenen, sind hier wiedergegeben, und rings auf dem breiten Sockel zeigen sich die geheimnißvollen Hieroglyphen, deren Enträthselung nach so viel tausend Jahren eines der hervorragendsten Werke menschlichen Fleißes und Geistes genannt werden muß.

Des egyptischen Bauernhauses, der Wohnung eines Ortsältesten, Scheit el Beled genannt, mit seinem trüben Aussehen, haben wir bereits erwähnt. Dasselbe besteht aus einem großen Gebäude, in dessen Erdgeschosse sich die Stallungen, für Kühe, Reitesel, Kameele und die Vorrathskammern befinden, während das obere Stockwerk den Besitzern als Wohnung dient. Auch dies Haus hat einen Aufbau und ein, durch eine kleine Kuppel abgeschlossenes Thürmchen. Diese oberen Räume dienen auch zu der in Egypten äußerst stark betriebenen Taubenzucht und haben zahlreiche kleine Fensterlücken, zu denen Ruthenbündel herausgesteckt sind.

An diese Baugruppe schlossen nicht minder bemerkenswerth und ausgezeichnet in ihrer Art und Ausführung

## die kleinen Gebäude und Gartenanlagen der Japanesen.

Das etwas groteske und wunderliche Aussehen derselben lockte stets eine große Zahl von Besuchern herbei. Zu beiden Seiten des Einganges ragten schlanke Maste empor, von denen breite mit bizarren Figuren und japanesischen Schriftzeichen bemalte Fahnen niederhingen. Rechts und links befanden sich, von der mittleren Gartenanlage durch Bambusbarrieren geschieden, die Bazars, wahre Muster von Zimmermannsarbeit, in denen die braunen Nachbarn des himmlischen Reiches eine Menge niedlicher Dinge zum Verkaufe bereit hielten. In dem zur Linken gelangten reizende Arbeiten von Rohr- oder Strohgeflecht, Körbchen, Cassetten, Cigarrentaschen, besonders schöne Tassen von allen Größen und Holz-Vieux-Lacksachen, dann Seidenstoffe, kleine buntfarbige Seidenshawls u. dgl. zum Verkaufe und fanden reißenden Absatz. Der Bazar zur Rechten war dem Verkaufe von Porzellan und Bronceguß-waaren, dann von Juwelen und Bijouterien aus Edelmetall gewidmet, und auch hier durften sich die dunkelgesichtigen „Kinder der Sonne", wie sich die Japaner und Chinesen mit Vorliebe nennen, weder über Mangel an Besuchern, noch an Kauflust derselben beklagen.

An die Bazars grenzten die, der Eigenthümlichkeit des Geschmackes der Nation entsprechenden Gartenanlagen, die von einem seichten künstlich angelegten Bächlein durchschnitten waren, über welches eine einfache, aber mit der äußersten Nettigkeit gearbeitete Bogenbrücke zu einem kleinen Holz-Pavillon führte, mit vorspringendem, von schlanken Säulen getragenen Dache. Ein ähnliches zierliches Häuschen erhob sich auch diesseits des Bächleins. Die kleine Terrasse vor demselben trug eine Gruppe japanesischer Musikinstrumente und die Wand zierte ein barokes Gemälde, in lebhaften, bunten Farben prangend.

In unmittelbarer Nähe der japanesischen Anlagen zog die glänzende Außenseite eines Hauses alle Blicke auf sich. Es war dies

## die persische Villa,

eines jener reizenden Landhäuser, wie selbe die persischen Großen in den paradiesischen Gegenden ihres Heimathlandes zu erbauen pflegen. Im Gegensatze zu den Gebräuchen der Mohamedaner, welche ihre Häuser nach Außen gewöhnlich völlig schmucklos lassen, während sie das Innere derselben mit dem raffinirtesten Prunke und Luxus ausstatten, zeigte der Bau, welchen Persien als Bild seiner Cultur auf dem Weltausstellungsplatze errichtet hat, auch eine prächtige, schimmernde Außenseite, deren farbenreiche Glasmosaik im Strahle der Sonne glitzerte und blinkte, als bestände sie lediglich aus Brillanten.

Das Innere der Villa unterscheidet sich wenig von jenem anderer türkischer oder egyptischer Häuser. Ein kurzer Gang führt in einen mit Steinplatten belegten Hof, dessen Mitte ein Wasserbecken ziert, aus dem ein feiner Wasserstrahl tändelnd und Kühlung verbreitend, emporspringt. Rings um den Hof befinden sich die anderen Räumlichkeiten. Wendeltreppen führen nach dem ersten Stockwerke, zu den Schlafzimmern der Bewohner und auf die Plattform des Daches empor, auf welch' letzterer im heißen Sommer das Lager aufgeschlagen wird. Bunte Malereien bedecken die Wände, der Fuß tritt überall auf weiche Matten und Teppiche und rings um die Zimmer laufen weiche, einladende Divans.

Gegenüber der Villa, von einem kleinen Garten umfangen, stand die

## maurische Villa,

von außen ein ziemlich einfaches, nettes, aber unscheinbares Häuschen.

Das Innere zerfiel in ein kleines Vorgemach, einen Mittelraum mit kleinem Bassin, zwei schmale Seitengemächer, in denen Ruhebetten stehen und einen, die ganze Rückseite des Baues einnehmenden Raum, der zum Schlafgemache bestimmt scheint.

Der Mittelraum empfängt sein Licht durch die Glasbedachung der Decke, für den Abend ist eine große Lampe bestimmt, den Raum zu erleuchten.

Decken und Wände waren in maurischem Style mit reichbemalten, wohlgefälligen Holzornamenten geschmückt, der Fußboden bestand aus einer Mosaik kleiner, buntglasirter Platten. Die ganze Ausstattung, Decken, Teppiche, Geschirre, die Waffen an den Wänden waren echt marokkanisch und entsprach das Häuschen, sowohl was seine Ausschmückung, als seine Größenverhältnisse betraf, völlig dem Originale wie es im Heimatlande Marokko zu finden ist.

An das persische Landhaus reihten sich zwei kleine, zierliche Gebäude mit bunten Außenseiten·

## das türkische Kaffeehaus und der türkische Bazar.

Ersteres war ein viereckiges, von einer gedeckten Gallerie umgebenes Gebäude, zu dem von drei Seiten breite Treppenaufgänge emporführten. Das kleine Haus bildete, besonders für die männlichen Besucher der Ausstellung, einen nicht geringen Anziehungspunkt, und die inneren Räume desselben, so wie die Außengallerie, waren immer mit Gästen gefüllt, zwischen denen die schmucken, in türkische Gewänder gekleideten Garçons nimmermüde herumeilten, um dem allgemeinen Wunsche nach dem süßen dickflüssigen Kaffee, duftendem Latakia zu Cigaretten, nach langgerohrten Tschibuks und Nargilehs zu genügen. Kinder aller Nationen fanden sich daselbst ein, um sich ein Stündchen in den Orient zu versetzen. Die blauen Wölkchen wirbelten empor aus den Tschibuks, die Nargilehs brodelten und der heiße syrupdicke Kaffee dampfte in den kleinen Täßchen. Mit sichtlichem Behagen saßen dort die Söhne des Orients, die Beine gekreuzt, ernst und stumm vor sich hinblickend und nur von Zeit zu Zeit die Bernsteinspitze des Tschibuk oder des Nargileh an die Lippen führend; es fehlte nur der „Erzähler", der in den Kaffeehäusern des Orients die Gäste mit fantastischen, geheimnißvollen Märchen entzückt und ihnen das „Selbstreden" und „Selbstdenken" erspart; und mit welch' unermüdlichem Eifer versuchten die Kinder des Abendlandes es ihnen nachzuthun im nimmermüden Saugen an dem langgewundenen Rohre! Es handelte sich bei Letzteren mehr darum, mit Stolz sagen zu können, man habe auch „auf türkisch" geraucht, als um den Genuß, den die ungewohnte Anstrengung so ziemlich verkümmerte. Und wenn die männliche Welt der Besucher sich an dem unverfälschten Mokka und am „Türkisch-Rauchen" ergötzte, so freute sich die schönere Hälfte des Menschengeschlechts am Sorbet, am „Rechatlikum", „Badem asmaci", und wie all' die süßen Sächelchen heißen mögen, mit denen die naschhaften Bewohnerinnen der Harems ihre verwöhnten Gaumen letzen.

Der neben dem Café befindliche türkische Bazar bestand in einem kleinen stockhohen Häuschen, das im Erdgeschoffe mehrere weitfensterige Verkaufräume besaß, in welchen türkische Tabake, dann Teppiche, Seidenwaaren, Rosenöl, Phiolen und Goldfiligran-Arbeiten und allerlei Nippsachen, Rosenkränze und Schmucksachen aus Perlmutter oder Rosenholz u. s. w. für Kauflustige zur Auswahl bereit lagen.

Ziemlich groß und gleich auffallend durch seine eigenthümliche Bauart, die bunten Farben seiner Bemalung und die zierlichen Arabesken, welche die Außenseiten schmückten, erhob sich neben dem Bazar der

## Cercle oriental,

in dessen Erdgeschoffe sich die türkische Restauration befand.

Eine freiliegende Doppeltreppe führte an der Vorderseite des Hauses empor in die oberen Räume desselben, in welchen eine Separat-Ausstellung von Natur-

Producten und Erzeugnissen der Türkei Raum gefunden hatte; kleine, luftige Pavillons, Terrassen, ein Kaffeegarten, in dem sich auch ein sonderbar geformter nach unten spitz zulaufender und von einem geschweiften Dache überdeckter Theepavillon — eigentlich das Modell eines chinesischen Fischerhäuschens, hier aber

## chinesisches Theehaus

genannt — erhob, fanden stets eine Menge von Bewunderern, die sich inmitten dieser orientalischen Herrlichkeiten zuweilen spezifisch abendländischen Genüssen — dem Biere — hingaben.

Eine der, für den Laien sowohl, wie für den Kenner und Fachmann interessantesten Ausstellungen war jene der österreichischen Handelsmarine, die in dem in unmittelbarer Nähe des „Cercle oriental" befindlichen Marine-Pavillon ein vollkommenes, treues und übersichtliches Bild von der Bedeutung, der Ausdehnung und zugleich der Lebensfähigkeit der Seefischerei und Handelsmarine Oesterreichs darstellte, und mit der vollsten Berechtigung Fremde wie Einheimische anzog. Das Innere des Pavillons war in drei Längengruppen getheilt.

Die Mitte vor denselben nahm eine riesige Tau-Pyramide ein; den Raum zwischen den beiden Eingangsthüren füllte die vollständige Ausrüstung eines Tauchers, wie sie nach dem neuesten Systeme üblich ist.

Die mittlere Gruppe bildeten Modelle aller in Oesterreich üblichen Handelsschiffe von der kleinsten Fischerbarke angefangen bis hinauf zu dem Vollschiffe und dem stattlichen Schraubendampfer. Dieselben waren mit der vollkommensten Treue wiedergegeben, Einrichtung und Takelage bis in die kleinsten Details genau und den Proportionsverhältnissen entsprechend, ausgeführt. Auch war bei jedem dieser Modelle angegeben, wie viel Schiffe seiner Gattung die österreichische Handelsmarine besitzt und wie stark die Bemannung derselben ist.

An diese reiche Sammlung schlossen sich Modelle der in den österreichischen Häfen gebräuchlichen Anbindpfähle, des schwimmenden Riesenkrahnes von Triest, sowie des Leuchtschiffes von Grado; dann zwei Drehbrücken, die Modelle eines vollendeten und eines noch im Bau begriffenen Hafendammes, und endlich plastische Karten österreichischer Häfen, mit Angabe der Seetiefen.

Die dem Eingange gegenüber befindliche Rückwand des Pavillons wurde von einer Darstellung der Friedmann'schen Schiffleckpumpe in Anspruch genommen.

Die Wand zur Rechten gab ein völlig treues, anschauliches Bild der österreichischen Seefischerei. In ausgezeichnet conservirten oder ausgestopften Exemplaren zeigte sie die mannigfaltigen Bewohner des adriatischen Meeres, von der Koralle, dem Meerschwamme, den kleinsten Krabben und Quallenthierchen bis zum riesigen Haifisch, der in letzteren Jahren wiederholt, aber darum nicht minder gefürchtet, in den Gewässern der Adria erschienen war. Die genießbaren Seebewohner, die schmackhaften Seefische, standen zierlich geordnet auf Körbchen oder Tassen zur Schau. Eine Darstellung der Austernzucht, Modelle von Fischerhütten, Fischereigeräthen, Netzen, eine Sammlung von Muschelarbeiten, sowie schließlich das plastische Modell einer Saline nebst Proben ihrer Producte, gaben ein lehrreiches Bild des Küstenlebens.

An der linken Wand des Pavillons, die dritte Längengruppe bildend, befanden sich die historische Modellsammlung des Stabilimento technico und der bei ihm erbauten Schiffe, zwei ausgezeichnet gearbeitete Durchschnittsmodelle der vom Navale Adriatico erbauten Kriegsschiffe „Albrecht" und „Frundsberg", welche deren ganze innere Einrichtung auf das Genaueste erkennen ließen, ein Ruderboot in natürlicher Größe, Pläne aller österreichischen Häfen, eine reiche Sammlung nautischer Instrumente und Apparate, Modelle des österreichischen Bojensystems, und Proben der zu Hafen- und Küstenbauten verwendeten Gesteine.

Vor dem Pavillon waren Bojen, wie sie in Wirklichkeit zur Verwendung gelangen, und ein kleines Dampfschraubenboot zur Schau gestellt.

Von dem eben, seines hohen Interesses halber etwas eingehender geschilderten Ausstellungs-Objekte, führten wenige Schritte zu einem anderen, gleichfalls Seezwecken gewidmeten Gebäude. Es waren dies die

### österreichische Seeleuchte und der Semaphor.

Auf einem runden, festen Unterbau erhebt sich eine mächtige eiserne Säule, in deren Innern sich die zum Beleuchtungs-Apparate emporführende Wendeltreppe befindet. Die Lampe selbst ist jene eines sogenannten „festen Feuers" und besteht aus vielen übereinander befindlichen, theils breiten, theils schmalen Prismen oder Linsengürteln, welche durch einen Messinggürtel fest mit einander verbunden sind.

Neben dem Leuchtthurm ragt der „Semaphor", ein optischer Telegraph, aus einem Mast mit Flügeln und Armen bestehend, in die Lüfte, welcher zur Ertheilung von Signalen an die sich der Küste nähernden Schiffe bestimmt ist, und auf der anderen Seite steht das „Nebelhorn", welchem durch Ausströmen des Dampfes ein weithinschallender, dröhnender Ton entlockt wird, der bei den dichten Nebeln, wie sie an den Küsten vorkommen und jedes optische Signal unmöglich machen, die Seefahrer auf ihrem gefährlichen Pfade warnt oder leitet. Den Besuchern der Ausstellung verkündete das Nebelhorn das Schließen des Industriepalastes und der Pavillons und machte sich wiederholt den Zuhörern vor dem Musikpavillon in unwillkommener Weise bemerkbar, wenn es mit seinem tiefen Dröhnen plötzlich einfiel in das sanfte Adagio einer Ouverture und die Kunst der Musiker zu Schanden machte mit seinem dampfschnaubenden Athem.

Von dem Leuchtthurme aus überschreiten wir auf einem Damme das „Heustadlwasser". Gegen das südöstliche Ende des Ausstellungsrayons zu erhoben sich die Sanitätsgebäude, der Bauhof und die Kaserne der zum Dienste bei der Weltausstellung beorderten Genietruppen; dort steht noch die hölzerne Umzäunung, aus deren Mitte am 20. Juli der Sturmwind den „Ballon captif" riß, um ihn, wie der Wiener Witz sagte, zu einem „Ballon caput" zu machen, indem er ihn hoch durch die Lüfte auf das Feld bei Ung. Altenburg trug, wo ihn das verhängnißvolle Loos, zerschnitten zu werden, ereilte; ferner befanden sich in dieser Richtung auch das Gebäude der photographischen Association, dann die kleine

### eiserne Kirche

in halbgothischem Style, für kleinere Dorfgemeinden bestimmt. Das Innere derselben enthielt eine Collection kirchlicher Paramente und anderer, dem katholischen Gottesdienste bestimmter Gegenstände. In der Nähe befand sich auch der Pavillon für Glasmalereien mit seinem sehenswerthen Inhalte.

In unmittelbarer Nähe dieser Baulichkeiten war der „Pavillon des Militair-Sanitäts- und Hilfsvereinswesens", ein Object zahlreichen und gerechtfertigten Besuches. Dreitheilig, überall mit dem rothen Kreuze im weißen Felde geziert, enthielt der Mittelraum Modelle aller Arten von Sanitätswagen, Tragbahren und Sesseln, dann eine complete Sammlung von Compressen, Bandagen, künstlichen Gliedmaßen, ferner vollkommen adjustirte Medicamentenkasten, chirurgische Instrumente und eine große Zahl bezüglicher wissenschaftlicher Werke. Die Seiten-Pavillons brachten unter Anderem einen vollständigen Lazarethzug, aus Güterwagen bestehend, zur Anschau, der bei aller nothwendigen Einfachheit nichts vermissen läßt, was den Unglücklichen, die ihr Verhängniß zu Passagieren dieses Zuges macht, ihr herbes Loos zu erleichtern vermag. Auch eine zahlreiche Menge von Krankensesseln, Rettungskasten, Truppen-Medizinwagen, Kranken-Tischen und -Betten, Transportwagen für Verwundete, sowie ein Modell der Lazarethbaracke, welche Ihre kaiserl. Hoheit, die Kronprinzessin von Preußen und Deutschland 1870 in Homburg v. d. H. nach ihren Angaben erbauen ließ, waren hier ausgestellt. Sehenswerth war auch der Sanitäts-Pavillon des deutschen Ritterordens, sowie der französische Ambulance-Train, aus acht Wagen bestehend, unter welchen der für die Aerzte bestimmte an Eleganz und Comfort fast einem zu Vergnügungsreisen bestimmten Hofwaggon gleicht.

Wenn man in Folge der Gräuel, wie sie der Krieg mit sich bringt, die Menschen, welche sich gegenseitig zerfleischen, fast verabscheuen lernt, so fühlt man sich durch den Anblick der Fürsorge, mit welcher die Neuzeit sich der armen Verwundeten annimmt, zum Theile wieder versöhnt mit denselben. Besser wäre es wohl, wenn die Krupp'schen Kanonen, sowie die Sanitäts-Trains, ein- für allemal unnöthig würden, aber der jüngst im englischen Parlamente gestellte Antrag, alle Streitigkeiten zwischen Völkern (?) durch Schiedsgerichte zu entscheiden, wird wohl nichts weiter bleiben, als der fromme Wunsch eines Menschenfreundes.

Nahe dem geschilderten Objecte standen die Meierei und das Kaffeehaus der landwirthschaftlichen Gesellschaft mit Musterstall, in dem Kühe der in Oesterreich vorkommenden Racen untergebracht waren, in einer Gruppe beisammen.

Angrenzend an diese Baulichkeiten gelangten wir ohne Mühe und Fährlichkeit, ohne Steigeisen und Bergstock, hübsch auf ebenem Boden weiterschreitend, zur

### Sennhütte,

welche unter dem weitvorspringenden, steinbelasteten Dache die Aufschrift trug:

„Die Alm, die steht in Gottes Hand,
Zum hohen Göll wird sie benannt."

Zwei niedliche Alpnerinnen machten die Honneurs in der Hütte, die nach Innen und Außen den primitiven Behausungen der Alpenbewohner genau nachgebildet war. Nur das Flaschenbier, welches man in der Sennhütte am Ausstellungsplatze schenkte, dürfte hoch auf den Bergen fehlen, wo Buttermilch und Käse die Oberhand haben.

An einem roh aus Balken gefügten Häuschen, mit kleinen Fenstern und strohgedecktem Dache, das sich uns als

### ost-galizisches Bauernhaus

präsentirte und von der Anspruchslosigkeit seiner Inwohner an die mannigfaltigen Genüsse des Lebens ein rührendes Zeugniß ablegt, kommen wir zu einer malerisch vereinten Gruppe von Häusern und Häuschen, als deren erstes uns das

### nord-ungarische Bauernhaus

ins Auge fällt. Durch ein kleines Gärtchen gelangen wir in die Küche, aus dieser links in eine Kammer, rechts in die Wohnstube, deren Ecke ein riesiger Kachelofen in Anspruch nimmt. Ein junges Ehepaar in Nationaltracht bietet den Besuchern selbsterzeugten Slibowitz, während dessen Sprößling sich voll Behagen in der Wiege schaukelt, welche an der Decke mittelst Stricken befestigt ist.

Gegenüber dieses Hauses erhob sich das geräumige, freundliche

### Vorarlberger Bauernhaus.

Große, hohe und lichte Wohnräume, eine freundliche Küche, zeigten von der Wohlhabenheit der Bewohner, und die Fertigkeit der beiden freundlichen Stickerinnen gab das Bild eines weit vorgeschrittenen, fast zur Kunst gewordenen Industrie-

zweiges, der dem kleinen Ländchen reiche Einnahmen verschafft. Ueberall in dem Hause zeigte sich das Streben nach Behaglichkeit.

Neben dem soeben geschilderten Ausstellungs-Objecte umschloß ein kleiner Garten zwei Baulichkeiten:

### das österreichische Schulhaus nebst Winterturnhalle.

Das Schulhaus, für kleine Landgemeinden bestimmt, bot das getreue Bild der Wirklichkeit, das Muster eines Landschulhauses, wie es jede Gemeinde haben soll und muß, wenn das Schulwesen endlich in jene Bahnen lenken soll, welche der Jetztzeit entsprechen. Das einstöckige Haus enthält den Lehrsaal, die Wohn- und Studirstube des Lehrers, Küche, die Zimmer für Lehrmittelsammlungen, Bibliotheken, Neben- und Vorzimmer, alles hell, luftig und praktisch angelegt. Anstatt der bisher üblichen langen Bänke sind kleine, zweisitzige angebracht, und die Lehrmittelsammlung enthält außer den gewöhnlichen Objecten auch eine Anzahl von Modellen und Werkzeugen zur Ausbildung der technischen Fertigkeiten der lieben Jugend.

Die Turnhalle hat zugleich die Bestimmung, der Gemeinde als Festplatz für ihre Feierlichkeiten zu dienen. Der Gesammtanblick ist ein freundlicher, und der Wunsch, daß derlei Schulhäuser so rasch als möglich in allen Dorfgemeinden Oesterreichs, in denen noch der alte Schlendrian waltet, entstehen mögen, ein völlig gerechtfertigter.

Schräge gegenüber des Hauses aus dem Bregenzerwalde stand das

### siebenbürgisch-sächsische Bauernhaus.

Freundlich und licht steht das einfache Bauernhaus vor unseren Augen. Unter einem Vorbaue befindet sich die kleine Treppe, über welche man zur sogenannten Laube, deren halbrundes, breites, unverglastes Fenster sich dem Hofe zu öffnet, gelangt. Unter ihr ist der Eingang in den Keller angebracht, welch' letzterer in jeder Bauernwirthschaft eine der wichtigsten Rollen spielt.

Aus der Laube kommt man in das Vorhaus, rechts in ein größeres, der Straße zu gewendetes, links in ein rückwärtiges Zimmer mit der Speisekammer. Das vordere Zimmer ist, wenn auch bescheiden, doch wohnlich eingerichtet; den Stolz der Hausfrau jedoch bildet das bis an die Deckbalken aufgethürmte Himmelbette, ein wahres Magazin von Federn. Oben an den Wänden laufen buntbemalte Holzrahmen herum, welche Krüge und Teller aus Zinn oder Thon, die fich in den Familien von Glied zu Glied forterben und nur bei besonders festlichen Anläffen zur Benützung gelangen, tragen.

Nebenan befand fich ein Haus deffelben Landes und doch von dem ersteren in Allem und Jedem fo völlig verschieden, wie die beiderseitigen Bewohner. Klein und niedrig, von einem weit überhängenden Rohrdache überdeckt, von einem braunen Gitter umfangen, zeigte fich das

### fiebenbürgische Szekler-Bauernhaus.

Ein breites Portal, geschnitzt, mit bunten Farben bemalt und mit Sinnsprüchen verziert, vermittelte den Eingang zum Hofe. Links war ein kleines Gärtchen, rechts das Haus, unter deffen Vordache Gartengeräthe und Werkzeuge, wie fie der Bauer braucht, bereit stehen, während oben große Kolben von gelbem Mais und dicke Bündel Tabakblätter zum Trocknen aufgehängt find.

Eine kleine Thüre führt in die Küche, rechts von dieser öffnet fich der Eingang in die Wohnstube, in der die Betten fast die ganze Breite einer Wand einnehmen; um die beiden anderen läuft eine niedrige braune Bank, auf der Strohhüte und Geflechte, wie fie im Lande erzeugt werden, aufgeschichtet find, die vierte nehmen Thüre und Ofen ein; Schränke und Tisch find mit den Erzeugniffen bäuerlicher Fertigkeit gefüllt, deren Erlös bestimmt ist, dem schmucken Bauernpaare, das während der Ausstellung die ruhige Heimath mit der Ruhelofigkeit in diesem stets von Neugierigen gefüllten Häuschen vertauscht hat, einen kleinen Erfaß zu bieten für das gebrachte Opfer.

Gegenüber des Szekler-Haufes befand fich das

### croatische Bauernhaus.

Daffelbe ist aus glatt behauenen Balken gezimmert, ohne jede Außenverzierung und auch im Innern jedes Schmuckes oder Aufpußes bar. Eine schmale Treppe führt hinauf in das obere Stockwerk, in deffen Mitte fich ein kleiner, nach einer Seite hin blos mit einer kunstlos gearbeiteten Brustwehr versehener offener Raum befindet, an den fich beiderseits kleine Wohn- und Vorrathszimmer anschließen.

Nahe an dem Westende des Ausstellungsrayons erhob fich das

### rumänische Bauernhaus.

Selbes war niedrig, und deffen Außenseite zeigte die unbehauenen Balken, aus denen es errichtet war. Man trat zuerst in eine Küche mit dem an einer Kette über der Feuerstelle hängenden kupfernen Keffel. Rechts und links befand fich je ein Gemach, spärlich eingerichtet mit weißgetünchten Wänden, an denen Kleidungsstücke, wie fie von den Bauern getragen werden, hingen. In dem Zimmer zur Rechten stand auch ein ziemlich primitiver Webstuhl.

Wir wenden uns nun wieder dem reichen Ungarlande zu, deffen Staatsforstverwaltung, zur Unterbringung der von der königlich ungarischen Regierung beigestellten Ausstellungsobjecte aus der ungarischen Forstcultur, ein Bauwerk errichtet hatte, das an und für fich gleichfalls einen der wichtigsten Bestandtheile dieser Ausstellung repräsentirte. Das

### Gebäude der ungarischen Staatsforstverwaltung

entspricht getreu dem Bilde einer alten rumänischen Kirche, wie fie an der Ostgrenze Ungarn's häufig vorkommen, und war durchwegs aus ungarischem, schon an feiner Geburtsstätte bearbeiteten und fertig hieher überführten Holze errichtet. Daffelbe bestand aus einem dreischiffigen Mittelbaue, der von einem ebenfolchen Querbau durchkreuzt wurde. Die Fronten des ersteren find mit Paradiefen garnirt. Eine Gallerie umrahmte die Seitenschiffe; gewöhnlich offen und nur bei schlechtem Wetter mit Decken geschloffen, versorgt fie das Innere zugleich mit Licht, welches die eigentlichen runden, mit in Blei gefaßten, convexen Linsen versehenen Fenster nicht im ausgiebigsten Maße zuführen können. Ein 18½ Klafter hoher spißer Thurm überragte das Ganze.

Die Umgebung des Gebäudes brachte auf einem Raume von 4500 Quadratklaftern mächtige Eichenstämme, Holzblöcke, Faßdauben und andere für die Unbilden des Wetters unempfindlichere Forstproducte, und in zwei Pavillons ein Paar Riesenfäffer, mit schön geschnitzten Stirnseiten, und von mächtigen Eisenreifen umfangen, zur Anschau.

An der, von Weitem durch riefige Mastbäume kenntlichen Ausstellung öfterreichischer Forstproducte, und an Sacher's heimlich gelegener Restauration zur „Krieau" vorüber, gelangte man zu dem

russischen Bauernhause,

russischen Bauernhause,

bei deffen Anblick wir uns des Gedankens nicht entfchlagen konnten, wie weit dies zierliche Haus mit der köftlichen Schnitzarbeit der Umzäunung, der Dachränder und der Giebelfeite, mit feinen Spiegelfenftern und feiner ganzen inneren Einrichtung, von dem Originale entfernt fein möge.

Wir verlaffen den öftlichen Theil des Ausftellungsrayons, der durch das Heuftadlwaffer abgefchloffen ift, wieder, um uns den andern Theilen, in denen fich Bau an Bau, Pavillon an Pavillon reiht, zuzuwenden.

Durch den in bunten, prächtigen Farben fchimmernden, mit gebrannten Ziegeln bekleideten

Triumphbogen der Wienerberger Ziegelfabrik

gelangen wir in den Kunfthof, der beiderfeitig von kleineren, anfänglich für die Exposition des amateurs beftimmten Pavillons und gedeckten Galerien, in denen Sculpturen, Gegenftände der graphifchen Kunft, Aquarelle, Pläne und Handzeichnungen exponirt find, eingefaßt ift, — an der, dem Induftriepalafte zugewendeten Seite jedoch feiner ganzen Länge nach von der, den bildenden Künften geweihten

und diefe Beftimmung durch die, über ihren Portalen prangende Infchrift: „Der Kunft" verrathenden

Kunsthalle

begrenzt wird.

Von dem freien, mit Rafenbeeten und Baffins gezierten Platze, der die Kunfthalle von dem Oftportale des Induftriepalaftes trennt, betrat man ein nach vorne offenes Veftibule, deffen Rückwand, zwifchen den Eingangsthüren in den Mittelfaal, ein überlebensgroßes Bild der Minerva in Korkmofaik zeigte.

Zwifchen den Mittelfäulen des Veftibules ftand ein gewappneter in Erz gegoffener Ritter auf ftolzem Roffe, die Turnierlanze in feiner Rechten; an den Wänden waren Sculpturen in Bronze und Marmor, fowie Modelle in Gyps angebracht

Der Mittelsaal der Kunsthalle

zeigte Kunftwerke, ohne Rückficht auf Vaterland und Nationalität ihrer Schöpfer.

Die Säle gegen Süden waren den Objecten der deutfchen und öfterreichifchen Kunft geweiht, in die nördlich gelegenen theilten fich Portugal, Spanien, Frankreich, England, Holland, Belgien, die Schweiz, Amerika und Griechenland.

Seit- und rückwärts des Hauptgebäudes erhoben fich die

Pavillons des amateurs,

Wiener Strassenleben.

Szenen vom Weltausstellungsplatze.

Antiquitäten, sowohl von Waffen, Gemälden, Geschirren u. f. w., Sculpturen, von Privaten ausgestellt, enthaltend. Die Gallerien enthielten gleichfalls, theils Sculpturen in Bronze, Marmor oder Gyps, theils an den Wänden Werke der graphischen Kunst, Aquarelle, Pläne u. dgl.

Vor der Kunsthalle, inmitten des weiten Platzes, erhob sich der

## Brunnen Achmed III.

— eine Nachbildung des auf dem großem Platze vor der Aja-Sophia in Konstantinopel stehenden Brunnens, — der durch die wunderbare Ausschmückung seiner Außenseite, die herrlichen Arabesken und Legendenverschlingungen, die graziöse Ausführung der Rund- und Flachbogen, sowie durch farbenprächtige Malerei der Decke einen reizenden Anblick gewährte.

Auf der Mitte des Daches erhob sich ein kleines, kuppelgekröntes Thürmchen, das den Stern und Halbmond trug, und von vier gleichen, jedoch kleineren Thürmchen umgeben war.

Die Ecken des Gebäudes zierten vorspringende Erker mit schlanken Säulen und vergoldeten Gittern, und die vier Seiten enthielten Nischen, in denen ein Auslaufrohr mit Hahn und darunter kleine Becken zur Aufnahme des Wassers angebracht waren. Neben jedem derselben hingen an eisernen Kettchen messingene Schöpflöffel.

Von den kleineren Bauten des Ausstellungsrayons kommen wir nun zu dem Riesenbau, der das Hauptobject der Ausstellungs-Wallfahrer bildete und in seinem Inneren die Erzeugnisse des Kunst- und Gewerbefleißes aller Länder barg, zu dem Industriepalaste.

Das Hauptgebäude bestand aus einer Längen- und vierzehn Quergallerien und hatte eine Länge von 905 und eine Breite von 205 Metern. Die Länge der Quergallerieen betrug 75, deren Breite 25 Meter, und zwischen selben befanden sich 35 Meter breite, theils offene, theils gedeckte Höfe, die gleichfalls zu Ausstellungszweden in Anspruch genommen wurden. Der Gesammtflächenraum des Hauptpalastes betrug 103000 ☐ Meter.

Durch die

## Rotunde

wurde die Längengallerie in zwei gleiche Hälften getheilt. Dieselbe imponirte durch ihre ungeheure Größe, sowie durch die Massenhaftigkeit ihrer Formen. Das spitz zulaufende, in eine doppelte Laterne endigende Dach überdeckte eine Kreisfläche mit einem Durchmesser von 102 Metern. Inmitten derselben befand sich ein prachtvolles Bassin mit Tritonen und Najaden aus Bronze geziert, welche Fische in den Händen hielten, die aus weitoffenen Mäulern hohe Wasserstrahlen emporsandten. Rings um das Bassin reihten sich die größeren und kleineren Ausstellungsobjecte aller Völker, da die Rotunde nicht als specifisch nationaler, sondern als kosmopolitischer Ausstellungsraum betrachtet werden sollte. Im leider etwas zu bunten Durcheinander standen hier riesige Modelle von Denkmalen, worunter jenes besonders beachtenswerth, welches die dankbare Schweiz ihren bei St. Jakob gefallenen Heldensöhnen errichtet hat, neben Orgeln, Glocken, Schaukästen von Juwelieren, Leinwand- oder Porzellanfabrikaten, Bronzearbeiten und Nippsachen.

Die Gallerie, welche rings um die Rotunde lief und zu der eine gleichfalls rundumlaufende Treppe führt, trug denselben internationalen Charakter, dem durch die verschiedenen deutschen, französischen und amerikanischen Buffets noch besonders Rechnung getragen wurde.

Eine steile, gewundene Treppe und ein hydraulischer Aufzug brachten, was Lust dazu hatte, empor auf das Dach der Rotunde. Der Anblick, den man von der Außengallerie genoß, war ein unbeschreiblich herrlicher und großartiger. Der entzückte Blick konnte in meilenweite Fernen schweifen; bis an die in leichte blaue Nebel gehüllten Berge, welche die reizende Landschaft umgürteten, sowie weithin über die im Sonnenlichte glitzernde Donau.

In den Transepten östlich von der Rotunde befanden sich die Expositionen von Oesterreich, Ungarn, Rußland, Türkei, Rumänien, Griechenland, Japan, Egypten und China, westlich gelangte man durch ein reiches, prächtiges Portal, vorerst in die

## Ausstellung des deutschen Reiches,

dann in jene Frankreichs, Belgiens, der Schweiz, Italiens, Englands und der amerikanischen Staaten.

Das herrliche Reich, welches durch die blutigen und ruhmvollen Kämpfe der Jahre 1870 und 1871 sich endlich zu jener Höhe emporgeschwungen, die ihm gebührt, bewies durch die Gegenstände, welche es hier dem Urtheile der Welt vorgelegt, daß es auch auf dem friedlichen Felde der Kunst und Industrie zu siegen verstehe.

In so kurzer Zeit nach einem blutigen Kriege, der, eine Folge der deutschen Heeresorganisation, alle Söhne des Landes unter die Waffen gerufen und so lange Zeit fern vom heimischen Herde gehalten, ja Tausenden die Rückkehr zu demselben für immer verwehrte, eine Ausstellung in jener Weise beschicken, wie dies von dem jungen, Kaiserreiche geschehen ist — das beweist den gesunden Kern, die moralische Kraft der Söhne des deutschen Stammes, welche Widerwärtigkeiten nicht zu beugen vermögen, die heute mit Schild und Speer hinausziehen in den Kampf für ihres Vaterlandes Ehre und Einheit, und, wenn der Kriegsruf verhallt ist, wieder zu friedsamen Bürgern werden und Geist und Arm dem Dienste der Kunst und Industrie weihen.

In einem der Mittelhöfe, nächst der Rotunde, hatte Deutschland seinem Kaiser eine herrliche Ruhestatt erbaut.

## Der deutsche Kaiser-Pavillon,

ein Bauwerk äußerst zierlicher Architektur, reich mit Ornamenten und Wandgemälden geschmückt, umfaßte einen großen Mittelsaal und mehrere Nebenräumlichkeiten. Ein herrliches Glasgemälde gegenüber des Haupteinganges, die Pracht der innern Ausstattung, die kostbaren Möbel mit den Namenszügen des deutschen Kaisers, ein Kamin von weißem Marmor mit Goldleisten, die weichen köstlichen Teppiche, sammt und sonders deutsches Fabrikat, vertraten Kunst und Industrie des deutschen Kaiserreiches in der vollendetsten Weise.

Sollen wir noch all' der Herrlichkeiten erwähnen, welche der Palast in seinem Innern barg, der Schätze an Gold- und Juwelenarbeiten, der kostbaren Bronzen, der herrlichen Sculpturen, welche die italienische Ausstellung zeigte, der kostbaren Teppiche, Seidenstoffe, der reichen Goldstickereien, Waffen, Möbel, der prächtigen Majoliken, der blendenden Glas- und Porzellanwaaren? Sollen wir den freundlichen Leser erinnern an die kostbaren Malachit-Tische und das herrliche Pelzwerk in der russischen Abtheilung, an die Honvedgruppe in der ungarischen Quergallerie, an das plastische Modell des Bosporus, an die Dattelpalmen oder das abessinische Wohnhaus der egyptischen Exposition? Sollen wir der verlockenden Schmuck- und Bijouteriesachen oder der reichen Collection von wissenschaftlichen Instrumenten und Apparaten, der zierlichen Wagen, der wohltönenden Piano's oder gar noch des aus Zündhölzchen zusammengestellten Bildes des Lustschlosses Laxenburg gedenken? — Wir halten dies mit Recht für überflüssig, einem Objecte jedoch müssen wir einige Worte widmen, da Kostbarkeit und historischer Werth es in gleichem Maße auszeichneten. Es ist dies

## der Sultans-Schatz.

In dem Hofe zwischen der türkischen und egyptischen Ausstellung stand auf gemauertem Unterbau ein kleiner eiserner Pavillon, eigentlich die feuer- und einbruchsichere Cassa, in welcher der Sultan einen Theil seines Schatzes zur Ausstellung gebracht. Meist waren es Sachen von historischem Werth, unter denen ein ziemlich unförmlicher, aber über und über mit Perlen, Rubinen und Smaragden — man schätzt die Zahl der Edelsteine auf 12.000 — besetzter Stuhl, der Thron Schah Nadirs von Persien, ein Beutestück aus den früheren glücklichen Kriegszügen der Osmanen, den ersten Platz einnahm. Außerdem waren noch Waffen und Rüstungen

berühmter Sultane, worunter jene Murad I., des Zertrümmerers des serbischen Reiches, sowie das Panzerhemd, durch welches sich der Dolch des Mörders den Weg zu seinem Herzen gebahnt, in den Schmuckkästen ausgestellt; überall blitzte es von Gold und edlen Steinen und drei hühnereigroße Smaragde bildeten Objecte steter Bewunderung. Der Sultansschatz, d. h. jener Theil, welchen der kleine Pavillon barg, soll einen Werth von 90 Millionen Gulden repräsentiren, ist also wohl das materiell Kostbarste, was die Ausstellung enthielt.

Ein Wort sei noch gesagt über das rege Leben im Innern des Palastes. Plaudernd, bewundernd, kritisirend drängten die Besucher von Gallerie zu Gallerie. Mancher Seufzer verklang aus schönem Munde in die Luft beim Anblicke der blitzenden Juwelen, der herrlichen Stoffe, der prächtigen Möbel. Und wer nur konnte, feilschte um dies oder jenes, meist nur um Kleinigkeiten, in denen man ein sichtbares Andenken an die Ausstellung von 1873 gewinnen wollte. Alle Sprachen der Welt klangen da durcheinander. Deutsch, englisch, russisch, französisch, türkisch, persisch, spanisch, ungarisch und chinesisch — wer könnte alle die Zungen nennen, in welchen da gesprochen wurde. Der leichtbewegliche Franzose pries oder verurtheilte mit der angebornen Lebhaftigkeit seiner Heimat, der ernste Orientale schritt schweigend von Kasten zu Kasten, der sanguinische Italiener sprach mit Lippen und Armen zugleich, der ruhige Deutsche prüfte mit kritischen Blicken und verglich im Stillen die Leistungen der Fremden mit jenen seines Vaterlandes; dem stolzen Sohne Albions entrang sich nur mühsam das „Well", womit er Erzeugnissen anderer Nationen seine Anerkennung aussprach, der praktische Amerikaner besah, prüfte, verglich und suchte zu lernen, der gemüthliche Oesterreicher ging von hier dorthin und von dort hierher, freute sich des Schönen, wer immer es zur Ansicht gebracht, und hatte selbst für Verfehltes kein Wort harten Tadels.

Wir verlassen den Industriepalast, der hier durch

## das Westportal

abgeschlossen wird, um den zwischen ihm und der Maschinenhalle gelegenen Raum, in dem sich Pavillon an Pavillon reihte, zu durchstreifen.

Ein zierliches Haus fällt uns in die Augen: Uhl's Wiener Bäckerei. Die Kunst der Wiener Bäcker feierte hier ihre Triumphe und hat die Sympathien aller Nationen im Fluge gewonnen. Die süßen Kuchen und Brezel, das feine Kaffeegebäck, die zu europäischer Berühmtheit gelangten Wiener-Kipfel mundeten auch dem zartesten verwöhntesten Gaumen und boten den leckersten Erzeugnissen der renommirtesten Conditors siegreiche Concurrenz.

Hinter der Wiener Bäckerei ragte auf solider Grundfeste der Wasserthurm auf acht eisernen, durch Strebewerk mit einander verbundenen Säulen hoch in die Lüfte. Zweihundert zehn Schuh über dem Boden war das über 10000 Eimer fassende, zylinderförmige Reservoir angebracht, zu dem das Wasser mittelst Dampf durch die hohlen Träger emporgedrückt wurde. Eine Stunde genügte, das Reservoir zu füllen oder zu entleeren. Der Druck, welchen das Wasser durch seine eigene Schwere ausübte, war hinreichend, einen Wasserstrahl fast wieder bis zu derselben Höhe zu treiben, so daß bei allfälliger Feuersgefahr auch die höchst gelegenen Objecte mit der löschenden Fluth erreicht werden konnten. Überhaupt gehörte die improvisirte Wasserleitung auf dem Ausstellungsplatze mit zu den großartigsten Anlagen. Sie lieferte, dem colossalen Verbrauche, wie ihn die Bewässerung und Besprizung der Gartenanlagen und Gehwege, die Speisung der Bassins und Fontainen, so wie die Dampferzeugung für den Maschinenbetrieb bedingte, entsprechend, 40000 Eimer pro Stunde, wobei auch Rücksicht genommen war, daß bei einem Brande das vom Feuer ergriffene Object fast völlig unter Wasser gesetzt werden könne.

Ein kleines eisernes Haus, inmitten eines von vergoldetem Gitter umfangenen Gärtchens, kündete sich durch das stolze Wappen Albions, das über dem Eingange prangt, als der Pavillon der englischen Ausstellungs-Commission an. Innen und außen Comfort und solide Pracht, wie es die Söhne des „alten lustigen England" lieben.

An diesen Pavillon reihte sich, groß und geräumig, die

### westliche Agriculturhalle,

in deren Inneres sich die Vereinigten Staaten, Großbritannien, Portugal, Spanien, Holland, Frankreich, Belgien, Schweden und Norwegen, die Schweiz, Dänemark und Italien, je nach Maßgabe ihrer Größe, theilten. Alle Arten von Agricultur-zwecken dienenden Maschinen, durch welche man Menschenkräfte zu sparen versucht, dann Proben der Fruchtbarkeit der genannten Länder und ihrer Erzeugnisse, Weine, Zucker, Backwerk, Fleischconserven, Brandweine, Chocoladen, Seifen, eingemachte Früchte u. s. w., dann die Menge von Modellen, worunter jenes einer Draht-seilbahn im kleinen Schlierenthale bei Alpnacht in der Schweiz, Unterwalden u. a. waren hier bereint und boten auch für den Laien unendlich viel des Sehenswerthen.

Die Seifen- und Chocoladenfabrikation in der französischen Abtheilung ver-sammelte stets eine Menge von Zusehern und die frischen, noch warmen Producte, welche der Besucher fast vor seinen Augen erstehen gesehen, fanden reichlichen Absatz.

Neben der weiten, mächtigen Halle verschwanden fast die beiden kleinen Pavillons, zu denen wir nun gelangen.

### Das schwedische Fischerhaus

enthielt eine vollständige Sammlung der in Schweden und Norwegen gebräuchlichen Fischerei-Geräthschaften, Modelle von Fischerbarken und Schiffen, alle Gattungen Netze und Fischreusen, Harpunen, Angeln, Dreizack, dann einzelne Exemplare von Fischen in Spiritus und machte in seinem Aeußeren durch die Täfelung der Wände, sowie durch die zierlichen, das Portaldach tragenden Säulen einen gefälligen Eindruck.

Bemerkenswerth in demselben waren die ungeheuren Rennthierfelle und Geweihe, sowie mehrere Pelze von Eisbären, die sich ganz prächtig ansahen und anfühlten und begreiflich machten, daß Meister Petz mit dieser Umhüllung dem eisigkalten Klima des hohen Nordens wohl zu trotzen vermöge.

### Der norwegische Fischerei-Pavillon

ist ein einfaches niedliches Gebäude, mit Giebel und verandaartigem Eingange. Sein Inneres entspricht seinem Namen und enthält eine complete Exposition der norwegischen Fischerei.

Von musterhafter Ueberfichtlichkeit war die Ausstellung in dem

### Unterrichts-Pavillon von Deutschland.

Alles, was zur geistigen Heranbildung der deutschen Jugend dient, von der Fibel an bis zu den Werken, welche dem Studium an den Hochschulen gewidmet sind, alle die Instrumente und Apparate, Tellurien, Globen u. s. w., welche zur Unter-stützung und praktischen Anwendung des theoretischen Unterrichtes dienen, waren hier bereint, um Zeugniß zu geben von der hohen Stufe, auf welcher sich das Unterrichts-wesen Deutschlands befindet. Sehr hübsch waren das Modell der deutschen Seemanns-schule in Hamburg, die Sculpturen, die Schülerarbeiten der verschiedenen gewerblichen Bildungs-Anstalten, die Spielwaaren aus dem sächsischen Erzgebirge. Auch die kleinen Modelle von Maschinen, die Schulbänke verschiedenartiger Construction, die Lehrmittel und Arbeiten für und von Blinden, erregten in Fachmännern und Laien gerechte Bewunderung.

Ein aus dem Industriepalaste nach der Maschinenhalle führender gedeckter Verbindungsgang schied diesen Pavillon von jenem, in dem die Metall-Industrie Deutschlands ihre Erzeugnisse zur Ausstellung brachte. Colossale Stahlkanonen, Taucherapparate, mächtige Eisenröhren, Achsen für Eisenbahnen, Waggonsfedern, Räder und Thyres, eine colossale Schraube im Gewichte von 9000 Kilogramm, für einen transatlantischen Dampfer bestimmt, Gußstahlfabrikate, riesige Eisenschienen und Platten, sprachen deutlich genug für die hohe Ausbildungsstufe der deutschen Metall-Industrie.

Ein geräumiger Platz, mit dem Monumente des Königs Maximilian von Baiern geziert und darum

genannt, vermittelt hier die Verbindung zwischen der Rotunde und der Maschinenhalle.

Zunächst desselben erhoben sich zwei gleichgeformte, zierliche Pavillons, dem deutschen Berg- und Hüttenwesen gewidmet, und zwischen diesen der

### Pavillon Krupp,

in dem die Riesenkanone und der ungeheure Gußstahlblock, welcher bei einer Höhe von 13½ Fuß und bei einem Durchmesser von 4½ Fuß tausend Centner im Gewichte hat, das allgemeine Staunen hervorriefen. Die übrigen Kanonen und Kanönchen, welche das Innere des Pavillons noch barg, blieben den beiden erstgenannten Riesen gegenüber unbeachteter, als sie es verdienten.

Ein gefälliger, fahnengeschmückter Riegelbau,

### die Collectiv-Zusstellung des Fürsten Schwarzenberg,

an dem vorderen Giebel das stolze fürstliche Wappen tragend, nimmt nun unsere Aufmerksamkeit gefangen.

In der mittleren Vorhalle schon fand man eine interessante Sammlung mächtiger Stammquerschnitte von Tannen, Fichten, Rothbuchen u. s. w. Die Mitte des inneren Raumes war der Jagd gewidmet und in einer Wandnische befand sich ein treues Bild des Waldlebens: Ueber ein Tannendicht lugte mit den klugen Augen ein prächtiger Edelhirsch, unten schlich Meister Reinecke, während auf der andern Seite Iltis und Marder durch das Gesträuche schlüpften. Eine Wildkatze, die ein Rehkälblein erbeutet, schleppt den Fang einem stillen Plätzchen zu, um ungestört ein lukullisches Mahl zu halten. An der Wand prangte, inmitten einer Menge von Geflügel jeder Art, Gewehren, Saufedern, Hirschfängern, Jagdspießen u. dgl., ein riesiger Eberkopf.

Zu beiden Seiten des Einganges war das Fischereiwesen der fürstlichen Territorien ausgestellt, die rechte Seite der Halle nahmen die Forstwirthschaft, das Berg- und Hüttenwesen in Anspruch, die linke ließ in mannigfaltigen und zahlreichen Proben die hohe Blüthe der Agricultur auf den fürstlichen Gütern erkennen. Auch die Industrie, die Schafwollcultur, die Zuckerfabrikation, die Branntweinbrennerei, so wie die Horticultur hatten ihre Musterproben hierher gesendet, ebenso wie die Kohlen- und Montanwerke.

Freundliche Gartenanlagen umgaben den Pavillon; drei recht nette Bassins in denselben enthielten das erste: riesige Karpfen, das zweite: Schleien und Hechte aus den fürstlichen Teichen, das dritte, in dessen Mitte sich ein kleiner Steinbau erhob, ein Biberpaar, das stets eine große Menge von Schaulustigen an das Gitter lockte.

Ringsum drängte sich Pavillon an Pavillon, in allen möglichen Formen und Farbenschattirungen aus Holz, Cement, Eisenconstruction, bald reich ornamentirt, bald von der einfachsten Ausstattung. Für durstige Seelen — wörtlich genommen, denn sie konnten hier nur im Geiste genießen — waren da zuerst, von lustig in den Lüften flatternden Fahnen überragt

### Dreher's Pavillon,

ein äußerst zierlicher Bau in orientalischem Style, als dessen Kuppel in der geschicktesten Weise ein riesiger kupferner Brautessel Verwendung fand. Von dem Ruhme des Schwechater Bierriesen zu sprechen, hieße Eulen nach Athen tragen. Dreher's Fabrikat hat sich schon auf der Pariser Ausstellung die goldenen Sporen verdient.

In unmittelbarer Nähe erhob sich der fast graziös zu nennende

## St. Marxer Pavillon.

„Hie Schwechat — hie St. Marx" ist schon seit längerer Zeit in Wien zum Schlachtrufe für Biertrinker geworden. Indessen hat dieser Zwiespalt bis jetzt noch kein Blut gekostet und im entscheidenden Augenblicke versöhnten sich gewöhnlich die erbittertsten Gegner und

> Allen Beiden wollt's bedünken,
> Daß vom Dreher oder Mauthner
> Köstlich sei, das Bier zu trinken.

Zwischen diesen beiden Wallfahrtsorten durstiger Seelen erhob sich

## der Pavillon des Herzogs von Sachsen-Coburg-Gotha,

ein niedlicher Holzbau von moderner Form, aus einer kleinen Rotunde mit vier rechtwinklig abspringenden offenen Flügeln bestehend. Im Innern barg derselbe Erzeugnisse aller Art von den herzoglichen Gütern, Forstproducte, Modelle, Mineralien, die ein beredtes Zeugniß von dem Culturstande derselben ablegen.

Beachtenswerth für Freunde des Sport ist der Musterstall von Waagner; Sehenswerthes bargen der Pavillon der Maschinenbau-Actiengesellschaft Danick in Prag, der Innerberger Actiengesellschaft, der Vordernberg-Köflacher Montan-Industrie-Gesellschaft, und wie eine Oase inmitten der Maschinen, Bergwerksproducte u. s. w. begrüßte den Besucher das freundliche, von einer Veranda umgebene Haus, in welchem die

## Silberegger Actien-Brauerei

den braunen Gerstensaft schenkte und auch sonst für des Leibes Nothdurft sorgte.

In gefälliger zierlicher Form präsentirte sich dem Auge der Pavillon für Eisen-Constructionen und Gußwaaren für Bauzwecke von Waagner in Wien, groß und stattlich

## der Pavillon der k. k. öst. Staatsbahn,

der rings um den Fries die Namen der Domänen Bogsan, Dognacska, Reficza, Moldowa, Anina, Oravicza und Stajerlak trug und im Innern Producte derselben, Kohlen, Eisen, sowie eine prächtig gearbeitete Locomotive neuester Construction enthielt.

Von hohem Interesse war die Ausstellung im Pavillon der additionellen Ausstellung für Frauenarbeiten und Geschichte der Gewerbe. — Gleich beim Eingange zeigt ein großer Glaskasten die Kleidermoden des vorigen Jahrhunderts, die gestickten buntfarbigen Fracks und Tressenröcke, die großblumigen Schooßwesten, die Halsbinden von den exotischesten Formen, riesige Jabots und Spitzenmanchetten; ein zweiter Schaukasten enthielt in naturwahren Exemplaren eine Geschichte der Hutformen. Der große breitkrämpige Filzhut mit wallender Feder ist eine Nachbildung der Kopfbedeckung, wie sie während des dreißigjährigen Krieges getragen wurde. Ein Hut für einen Recken. Das Pigmäengeschlecht der Gegenwart verschwände unter der breiten Krämpe in ewigem Schatten und der stolze Hut selbst scheint mit Verachtung niederzublicken auf die unter ihm stehenden zierlichen, glänzenden Hüte, welche die Aufschrift: „Mode von 1873" tragen. Der Hut aus der Zeit Kaiser Josef II. ist klein, leicht, von gefälliger Form, er zeigt uns, daß die Leute damals die Köpfe hoch und frei tragen durften; der breitkrämpige, spitze, mit rothen Bändern und Schleifen gezierte Hut der französischen Revolutionsmacher von 1793, kühn und herausfordernd in Form und Aufputz; um so mißgestalteter und jammervoller wurden dagegen die Hutformen, für Civile sowohl als für Militär in den Jahren nach dem Tode des großen Kaisers bis anno 1848 wo mitten unter die trockenen, steifen pedantischen Formen plötzlich der kühngeschweifte, mit der schwarz-roth-goldenen Cocarde gezierte Calabreser springt. Die Hüte von 1804—1815, umgestürzten Käsekübeln gleichend, die Infanterie-Czakos, geschweift und nach oben breit auseinander laufend, mit faustgroßer, pfundschwerer Rose, die ungeheuerliche Form des Hutes, mit dem die Landwehr von 1809 durch die damaligen Kreuzköpfeln der Adjustirungs-Commission beschenkt wurde, bis zum Hute des Generals, geben ein treues Bild jener pedantischen Zopfzeit, die heute wol ein für immer überwundener Standpunkt ist. Da die Leute nichts anderes zu thun hatten, so gefielen sie sich im Erfinden der barocksten Moden, wovon die Hüte ein sprechendes Zeugniß geben. Der Cylinder, der damals diesen Namen freilich mit Unrecht usurpirte, wurde bald hoch, bald niedrig, bald glatt, bald rauh — heute oben spitz, morgen breit u. s. w. getragen, bis er im Jahre 1848 fast ganz verschwand, um erst gegen Ende desselben in der hohen, geraden Form, schmalkrämpig als Zeichen der „Gutgesinntheit" — das Volk nannte ihn treffend genug „Angströhre" — wieder aufzutauchen.

Ein zweiter Saal zeigte unter einer Menge der absonderlichsten Musikinstrumente mehrere Claviere, unscheinbar in Ton und Aussehen, wahres Bettelvolk gegen die klangvollen, herrlich ausgestatteten Claviere der Neuzeit; aber es waren heilige Hände, welche diese unansehnlichen Instrumente für immer geweiht haben. Da stellt Graf Franz Szechenyi ein Clavier aus, auf welchem Franz Lißt seine erste Ausbildung erhalten; dort ist eines, das der lebenslustige Wolfgang Amadeus Mozart, der unsterbliche Tondichter des „Don Juan" und der „Zauberflöte" einst sein Eigen genannt; das Museum in Linz hat das Clavier Beethoven's hergesandt, auf dem der Tonheros seine wunderbaren Werke schuf, und zur Verzweiflung begünstigter Zuhörer selbst spielte, da Letztere nur die Dissonanzen eines auf das Entsetzlichste verstimmten Pianos, nicht aber die Zaubermelodien hörten, wie sie dem geistigen Ohre des tauben Tonmeisters erklangen; dort endlich, bescheiden und anspruchslos, wie sein einstiger Besitzer, steht ein kleines Spinett, und der kleine Zettel, den es trägt, verkündet: einst im Besitze — Josef Haydn's.

Der letzte, Frauenarbeiten gewidmete Saal bringt Werke, von schönen Händen gearbeitet, zur Anschau. Herrliche Stickereien, Spitzen, Teppiche, Blumen lassen uns die Geduld und Geschicklichkeit der schöneren Hälfte der Menschheit bewundern; und wie weit diese Geduld sich mit Erfindungsgeist gepaart, zeigen uns in einem kleinen Annexe mehrere Blumenbouquets, unter Glas und Rahmen, prächtig in Farbe und Gruppirung, deren eines lediglich aus Schmetterlingsflügeln, das andere minder poetisch aus Zwiebel= und Knoblauchschalen gefertigt ist.

Der Salon nächst dem Ausgange enthielt meist alterthümliche Schnitzereien, Waffen, Schmuckgegenstände, die für den Liebhaber von Antiquitäten viel des Sehenswerthen boten.

Nächst der Ausstellung der Staatsbahn bot der

### Pavillon des k. k. Ackerbau-Ministeriums

viel des Interessanten.

Das Innere desselben vereinigte Proben von Allem, was in den Ressort der genannten Behörde gehört, in klarer, übersichtlicher Darstellung, ein sprechendes Bild von dem Reichthume Oesterreichs an Naturschätzen und von dem steten Aufschwunge, in dem es begriffen ist. Besonders reich ist die Sammlung von Modellen der k. k. Forstverwaltungen, sowie jene der Salzwerke von Ischl, Hallein u. s. w.

Auf hohem Piedestal stand hier auch der alte, unscheinbare Pflug, den der unvergeßliche Kaiser Josef 1796 auf dem Felde bei Krzenowitz in Mähren selbst geführt.

Das nächste, umfangreiche Gebäude war die östliche Agriculturhalle, in welcher Deutschland, Oesterreich, Ungarn und Rußland die Erzeugnisse ihres Bodens und ihrer Fabriken, Wollproben, Flachs, Seide, Conserven, Weine, Mineralwässer, Branntweine, Tabake, Cigarren u. s. w., Ackerbaugeräthe und landwirthschaftliche Maschinen zur Ansicht ausgestellt hatten.

Eine breite Straße überschreitend gelangte man zu der „Kosthalle". Weine aller Art, vom edlen Ungar bis zum Port a Port, vom Grinzinger bis zu dem im fernsten Westen gereiften Ohio, Delicatessen, die selbst den verwöhntesten Gaumen noch reizen mußten, von hübschen Händen credenzt, durch freundliche Worte gewürzt, hatten das kleine Haus bald zu einem Sammelpunkte von Gourmands gemacht, der die Eifersucht der anderen Restaurants erweckte und der Kosthalle nur für kurze Zeit, täglich wenige Stunden, ihre gastlichen Hallen zu eröffnen gestattete.

Zwischen dem Pavillon des Ackerbau=Ministeriums und der Agriculturhalle, führte eine breite Straße zum

### Elsässer Bauernhof.

Aus Fachwerk gebaut, zeigte sich rechts das Hauptgebäude, links die kleineren Nebenbauten. Beide waren durch das hohe Thor mit einander in Verbindung gesetzt. Eine kleine freie Treppe führte im Hofe empor in die im Erdgeschosse liegende Wohnstube, die mit ihrer behaglichen Einrichtung auf den Beschauer einen wohlthuenden, anheimelnden Eindruck machte. Das erste Stockwerk diente Restaurationszwecken, ebenso der Schoppen, der das Haus mit den Stallungen verband, welche den Hof rückwärts quer abschlossen. In diesem befand sich die eigentliche Ausstellung, eine reiche Sammlung von Naturproducten, von Erzeugnissen des Gewerbefleißes und der kleinen Industrie, und eine Anzahl von Modellen, unter welchen jenes eines ganzen Landgutes mit allen Baulichkeiten, Gärten, Wiesen, Weinbergen und Aeckern, sowie ein Hochzeitszug die Bewunderung von Jung und Alt erregte. Alle diese zierlichen, theilweise rücksichtlich ihres historischen Werthes unersetzbaren Gegenstände sind ein Raub der Flammen geworden, von denen nur das Hauptgebäude gerettet werden konnte.

In unmittelbarer Nachbarschaft befand sich der

### Pavillon der österreichischen Dampfschifffahrts-Gesellschaft,

vor dem sich zwei große Pyramiden von Briquets erhoben.

Wir kommen nun zu dem zweitgrößten Bauwerke der Ausstellung, zu der

### Maschinenhalle.

In einer Länge von 890, bei einer Breite von 28 Meter, erstreckte sich nördlich des Industriepalastes die riesige, aus Mauerwerk, Eisen und Glas construirte Halle.

Im Mitteltracte hatten jene Maschinen, welche in Betrieb gesetzt wurden, ihre Stelle, und die hiezu erforderliche Kraft wurde durch eine mächtige Dampfmaschine und zwei Transmissionswellen von 0.09 Meter Durchmesser erzeugt, die mit einer Schnelligkeit von 120 Umdrehungen in der Minute arbeiteten und die Treibkraft der großen Maschine auf die Riemenscheiben der einzelnen Objecte übertrugen.

Die Seitengallerien waren zur Aufnahme jener Objecte und Maschinen bestimmt, die nur zur Ansicht ausgestellt wurden; wir fanden daselbst Eisenbahn= und Tramwaywaggons, reich ausgestattete zierliche Wagen, prächtige Locomotive, Dampffeuerspritzen, Näh=, Stick= und Webe=Maschinen, Straßenlocomotive, Signalapparate, eiserne Riesen und Zwerge bunt nebeneinander, wie sie der nimmermüde Geist des Menschen erdacht hat, um Feuer und Eisen für sich arbeiten zu lassen.

Von dem Rasseln, Klopfen, Pfeifen, Hämmern, Sausen und Klappern, welches all' die großen und kleinen Ungethüme, wenn sie im Betriebe waren, verursachten, vermag die Feder nichts wieder zu geben; der Boden dröhnte, die Wände zitterten und zartnervige Menschenkinder gelangten nur halbtaub und schwindelnd wieder in's Freie. Wir bewunderten mehr denn einmal die bei den in Thätigkeit befindlichen Maschinen beschäftigten Arbeiter, die Ruhe und Sicherheit, mit der sie sich in dem sausenden und schnarrenden Gewirre von Rädern und Riemen bewegten, als genügte nicht oft der kleinste Fehltritt, um sie rettungslos der Vernichtung durch den fühllosen Eisencoloß zu überliefern.

Verwirrt und halb betäubt von dem grausigen Concerte, treten wir wieder in's Freie, um den Raum zwischen der Maschinenhalle und dem Central-Bahnhofe flüchtig zu durchschauen; dort befanden sich die Wasserwerke und Reservoirs für die Hochdruckleitung, die sehenswerthen Kesselhäuser der verschiedenen Länder, dann das englische Arbeiterhaus, eine Musterwohnung, groß, geräumig, ganz aus Eisenconstruction, inmitten mit einem weiten Versammlungszimmer für die Parteien, das an netter, zierlicher Ausstattung seines Gleichen sucht.

Der Central-Bahnhof schloß den Ausstellungsrayon im Norden ab.

Wir wenden uns nun, das westliche Transept des Hauptpalastes durchschreitend, wieder der südwestlichen Seite des Ausstellungsplatzes zu.

Dem Ausgange der Avenue Elisabeth zunächst finden wir die amerikanische Restauration und ihr gegenüber den

### Pavillon des Pilsener bürgerlichen Bräuhauses.

Ein einladend aussehendes Gebäude, um das herum Tische standen, die niemals leer wurden von Verehrern des braunen Gerstensaftes, welchen das kleine böhmische Städtchen erzeugt und der sich im Fluge das Weltbürgerrecht erworben hat und die Concurrenz mit den alten Bierriesen von Schwechat, St.-Marx und Liesing muthig besteht. Arm und Reich, Vornehm und Gering, saßen hier friedlich und verträglich dicht nebeneinander; neben dem ausgepichten Biervertilger, der „seine zwölf bis vierzehn Krügeln zwingt," sahen wir feine, ätherische Wesen, die nur mit Rosen- und Ambra-Duft genährt schienen, aber nichtsdestoweniger mit behaglichem Lächeln das schäumende Naß schlürften, das sich in neuester Zeit den Weg selbst in die exclusivsten Salons erzwungen.

Dasselbe, was wir von dem eben geschilderten Objecte gesagt, findet auch Anwendung auf das zierliche Gebäude, in dem

### die Pilsener Actien-Brauerei

den braunen Gerstensaft an die Verehrer des Gambrinus gegen Geld und gute Worte in beliebigen Quantitäten verabfolgte. Auch hier waren Keller und Küche in steter Thätigkeit und die nimmermüde Schaar der schwarzbefrackten Garçons

schoß hin und wieder, alle die Hungrigen und Durstigen, die sich da zusammenfanden, zu befriedigen.

Aber auch Gott Bacchus, pochend auf seine Jahrtausende währende Herrschaft, hatte ein freundliches Asyl gefunden im Ausstellungsrayon. In ein kleines bescheidenes Häuschen hat er sich geflüchtet, aber die große Zahl von Anbetern die zu seinem Heiligthume wallte, bewies, daß der Cultus, dem ihm die Menschheit widmet, noch lange nicht erloschen ist und niemals erlöschen wird.

Das Weinland par excellence, Ungarn, war es, das dem ewig lächelnden und ewig durstigen Sohne Jupiters und der Semele in der

### ungarischen Csarda

einen Tempel erbaut hat. Auf einer kleinen rasenbewachsenen Höhe stand das bescheidene, mit Rohrgeflecht gedeckte Haus, einfach und unscheinbar von Außen und Innen, aber flüssige Schätze bergend in dem kühlen, gewölbten Keller, über welchem es sich erhob.

Mit welcher Andacht gaben sich auf der kleinen Terrasse Kenner und Nichtkenner dem Genusse des Rebensaftes hin, der auf den sonnigen Hügeln der Hegyalla, auf den Bergen von Ofen, Erlau, Villany, Steinbruch, Neßmely oder in der Schomlau gereift, oder dessen Trauben an den Rebengeländen am Balaton und Neusiedlersee gebrochen worden. Wie süß duftete der Villanyer und Schomlauer, wie purpurn glänzten die rothen Weine von Ofen und Erlau, wie goldig schimmerte der Riesling und der Neßmelyer; und erst der Tokayer, der König aller edlen Weine, dem selbst der schäumende, leichtfertige Springinsfeld aus der Champagne den Vorrang zuerkennen muß, mit welch' süßer Gluth rinnt er durch die Adern!

Alles das bot eine Csarda, aber freilich eine modernisirte, auf „den Glanz hergerichtete Csarda", dem Originale, wie es auf den weiten einsamen Pußten Ungarns zu finden ist, ziemlich treu nachgebildet und doch so himmelweit verschieden. Wo waren die braunen Bursche mit den langen, fettglänzenden Haaren, der zottigen Bunda, dem sichertreffenden Fokos und den mit klingenden Sporen beschlagenen Stiefeln; statt ihrer saßen ehrsam aussehende friedliche Staatsbürger solid um die Tische und nippten mit gespitztem Munde von dem Göttertranke; wo blieben die glutäugigen Dirnen, mit den langen bänderumflochtenen Zöpfen und den kurzen bauschigen Röckchen; und wenn endlich die ewig wanderlustigen, sonnverbrannten Zigeuner mit Geige, Clarinette und Cymbal die Stube mit den Klängen der wild-melancholischen ungarischen Nationallieder oder des feurigen hinreißenden Csárdás zu erfüllen, nicht fehlten — wo waren endlich die kühnen Bursche, die auf muthigen Rößlein in stiller Nacht herangesprengt kommen, trinken, tanzen und tollen, um mit dem ersten Morgengrauen, Schemen gleich, in den Nebeln, die über der Haide lagern, wieder zu verschwinden! Statt der ungestümen „szegény legény" (ungarisch Räuber, wörtlich: armer Bursche) schreitet ein melancholischer Sicherheitswachmann in voller Adjustirung durch die Reihen der Gäste und mahnt uns, daß wir uns nicht auf der Pußta, sondern im Ausstellungsrayon befinden, und daß es an der Zeit ist, unseren Rundgang fortzusetzen. Und wir freuen uns dessen, daß wir aus dem gastlichen Hause nicht hinaus müssen in die weite, vom Winde durchsauste Pußta, auf der das Auge vergebens nach einem schattigen, vor den sengenden Strahlen der Sonne schützenden Plätzchen sucht. Hier treten wir unmittelbar unter grüne duftige Bäume, fast am Fuße der Csarda hat ein speculativer Kopf ein Kaffeezelt aufgeschlagen und gar Viele, die, des süßen Weines voll, herab von dem Hügel kamen, suchten hier Heilung für die möglichen Folgen der Sünden, welche sie oben begangen.

An Trinkhallen und kleinen Pavillons vorüber, erreichen wir die

## Liesinger Bierhalle,

ein weitläufiges, großes Etablissement, mit einem hohen luftigen Saale, der von einer gedeckten säulengetragenen Veranda umgeben war, an welche sich in rechten Winkeln zwei gedeckte Gänge anschlossen. Das hiedurch gebildete Hufeisen umfing den baumreichen Gasthausgarten, in dem sich Tisch an Tisch reihte, um all' den Hungerigen und Durstigen, die nach langem Herumwandern einer Labung bedurften, Aufnahme zu gewähren.

Gegenüber dieses, materiellen Bedürfnissen gewidmeten Bauobjectes, erhob sich der

## Pavillon der „Neuen freien Presse",

der auf seinem Friese die Inschrift: „Erzeugung einer großen Zeitung" trug. Im Erdgeschoffe befanden sich die Säle für die Setzer, Correctoren, für die Schnellpressen und die Verkaufs-Localitäten, im ersten Stockwerke des Mittelbaues die Redactionszimmer.

Ein zierliches Holzgebäude kündigte sich uns an als Heller's Pavillon für Musik-Instrumente und Spieldosen. Das Innere desselben enthielt ein großes Orchestrion, eine Anzahl Spielwerke der verschiedensten Größen, ein elektrisches Clavier und eine Menge reizender Holzschnitzereien. Alles war musikalisch in dem Pavillon; stützte man sich auf den Tisch, so begann ein verborgenes Spielwerk seine heiteren Weisen, ließ man sich auf einen der zierlich geschnitzten Sessel nieder, so erklang das „Martha, Martha, Du entschwandest", oder „Wir winden Dir den Jungfernkranz"; öffnete man ein Album oder eine der Chatouillen, die von allen Formen vorhanden waren, so sang und klang es aus dem Innern desselben, ja selbst die dunkelfärbige Weinflasche, wenn man sie neigte, ein Glas zu füllen, begleitete das Samariterwerk mit dem „Freut Euch des Lebens". Besonders reizend waren die kleinen, künstlichen Vögel, die mit den Flügeln schlugen, die zierlichen Köpfchen wendeten und zwitscherten und sangen, als käm's aus voller Brust, wie bei den lebenden Sängern des Waldes.

Das portugiesische Schulhaus präsentirte sich dem Auge in ziemlich einfacher Außenform, barg in seinem Innern jedoch eine reichhaltige Sammlung von Lehrmitteln. Vor dem Hause lagen Proben schwarzen Marmors, theils wie selbe gebrochen waren, theils verarbeitet zu Platten, Tischen, Kaminen u. dgl.

Wir treten nun hinaus in die Avenue Elisabeth, welche sich von Westen nach Osten, den ganzen Industriepalast entlang, erstreckte.

Dem Westportale am nächsten befand sich das

## amerikanische Schulhaus,

ein kleines zierliches Gebäude mit zwei Eingängen, deren einer für die Knaben, der andere für Mädchen bestimmt ist. Licht und Luft sind hinreichend vorhanden in dem geräumigen Schulzimmer. Jedes Kind hat sein, von den anderen getrenntes Bänkchen; die Wände zieren Karten, zoologische Tafeln, nächst dem etwas erhöhten Katheder steht ein Globus. Auf den Tischchen liegen kleine englische und deutsche Bibeln, Bücher und Atlasse, Schriftvorlagen, und ein Harmonium hat die Bestimmung, die Kinder beim Gesange zu begleiten. Auf dem Tische des Lehrers ist auch ein Buch, das die Grundrechte der amerikanischen Verfassung enthält, die dem Kinde schon gelehrt werden und es schon in der frühesten Jugend daran gewöhnen, sich als freier Bürger eines freien, glücklichen Staates kennen und fühlen zu lernen.

An dieses reihte sich der spanische Pavillon, ein weitläufiges Gebäude in halb gothischem, halb maurischem Baustyle, mit vier Eckthürmen, flachem Dache aus halbrunden Ziegeln, im Innern Naturproducte der ebenso herrlichen, als unglücklichen iberischen Halbinsel bergend.

Diesem Objecte folgte abermals ein Mekka für Labungsbedürftige:

## Das Schweizer-Buffet,

ein zierlicher Bau, von einer Gallerie umgeben, der bald zum Sammelplatze eines gewählten Publikums geworden, das dem Kaffee, Eis, dem süßen Kuchen und Liqueur, von zierlichen Mädchen in Nationaltracht credenzt, wacker zusprach.

Daran reihte sich die

## schwedische Restauration,

ein hölzernes Gebäude von ziemlichem Umfange, mit holzgetäfelten Wänden und einer Veranda, deren vorspringendes Dach von schlanten, aber schiefstehenden Säulen getragen war.

Rückwärts dieses Gebäudes befand sich, durch musterhafte, zierliche Anordnung im Innern wie Aeußern ausgezeichnet,

### das schwedische Schulhaus.

Ein Vorgemach enthielt einige Muster von Schulbänken, das Modell einer Turnhalle, den Waschapparat für die Schulkinder, sowie die Kleiderrechen. Der Hauptsaal zur Linken umfaßte eine der reichsten Lehrmittelsammlungen, eine Menge physikalischer Apparate, Waffen für die Exerzierübungen der Knaben, Karten und Tafeln für den Unterricht in den Naturwissenschaften, eine Orgel, um den Gesang der Kinder zu begleiten, turz — eine wahre Musterausstellung von in das Erziehungsfach einschlagenden Gegenständen, auf welche Schweden mit Recht stolz sein darf. Dasselbe gilt von den, in den oberen Räumlichkeiten des Hauses ausgestellten Arbeiten der verschiedenen Gewerbeschulen.

Dieses einfache, aber bedeutungsvolle Ausstellungsobject hatte den

### schwedischen Jagdpabillon

zum Nachbar, einen gefälligen Holzbau mit Thürmchen und vorspringendem runden Erker, einem herrlichen, einladenden Plätzchen, um nach mühevoller Jagd die Kühle des Abends zu genießen und beim Klingen der Becher den Jagdgeschichten zu lauschen, deren jeder echte Waidmann einige, für deren Wahrhaftigkeit man freilich nicht die Hand ins Feuer legen dürfte, zum Besten zu geben weiß. Das Innere, so wie es hier gezeigt wurde, entspricht dem Zwecke, welchem das zierliche Haus bestimmt ist, freilich nicht, denn anstatt Waffen und Jagdgeräthe fanden wir einige Sculpturen und eine Collection der zierlichsten Holzschnitzarbeiten.

In Form eines weißblauen Zeltes mit Vordächern bot sich dem Auge die schwedische Armee-Ausstellung, welche Alles, was Ausrüstung der Armee, Proviantwesen u. dgl. umfaßt, zur Anschauung brachte. Unter dem Vordache, welches sich an der Rückseite des Zeltes befand, standen Kanonen und Munitions-Karren.

In unmittelbarer Nähe der geschilderten Objecte befanden sich noch andere, deren wir blos mit Namen erwähnen wollen, so der zierliche „norwegische Garten-

Pavillon", der „Pavillon der schwedischen Domaine Finspong", das „gothische Mausoleum", die „Brunnenuhr" und der Kiost der „Société de la Vieille-Montagne."

Rückwärts der schwedischen Restauration treffen wir auf den zierlichen

### Pabillon des Fürsten von Monaco,

von geschmackvollen Gartenanlagen umgeben. Im Innern des im italienischen Villenstyle erbauten Pavillons, waren Sammlungen der Naturproducte des kleinen Fürstenthums, sowie des Gewerbefleißes seiner Bewohner ausgestellt; Oel, Muscheln, Holzproben vertraten das Reich der Natur, die Industrie lieferte schöne eingelegte Arbeiten in Holz und Stein, Liqueurs, Parfüms, prächtige Thon- und Glaswaaren und künstliche Blumen, die sich dem Besten und Täuschendsten anreihen, was in diesem Genre überhaupt erreicht werden kann. Die Parfüms von Monaco waren ein gesuchter Artikel und nur Wenige verließen das zierliche Haus, ohne eines jener winzig kleinen Fläschchen, in denen das duftende Naß verschlossen war, mit sich zu nehmen.

Wir kommen nun zu dem letzten Objecte im Ausstellungsrayon, dessen wir noch besonders gedenken wollen, zu dem

### Jury-Pabillon.

Ein stattliches Haus, mit einstöckigem Mittel- und zwei ebenerdigen Seitentracten, rechts und links des Haupteinganges mit zwei Statuen, die „Arbeit" und den „Lohn der Arbeit" darstellend, geziert, enthielt in seinem Innern die Arbeits- und Berathungszimmer der Jurors. Das Auge manchen Ausstellers mag im Vorübergehen erwartungsvoll nach dem feierlich aussehenden Hause gesehen haben, in dem berathen wurde, ob Ehrendiplom, ob Verdienst- oder Fortschritts-Medaille, ob ehrenvolle Anerkennung, oder — Nichts. Mancher mochte sich enttäuscht, vielleicht zurückgesetzt wähnen, aber das darf die Jurors, deren Aufgabe wahrlich keine leichte war, nicht beirren.

Von dem Jury-Pavillon gelangte man wieder auf das Plateau, das sich zwischen dem Südportale des Industrie-Palastes und dem Eingange von der Prater-Allee ausdehnt und von der Kaiser-Allee und der Avenue Elisabeth im rechten Winkel durchschnitten wird.

Auf dem Vereinigungspunkte dieser beiden Hauptstraßen des Ausstellungsrayons versammelten sich allabendlich Tausende von Menschen, um den Productionen der Militärkapelle, die bald heitere Tanzweisen, bald wieder Ouverturen, Märsche u. dgl. zum Besten gab, beizuwohnen. Erst wenn auch hier der Kapellmeister zum Letztenmale den Tactirstock senkte, wenn die letzten Töne verklangen, das Echo des letzten Trommelwirbels verstummt war, begann sich der Ausstellungsrayon zu leeren, und nur in den Brauhäusern von Pilsen und in der Liesinger Bierhalle lebte und regte es sich noch bis zum letzten Momente der Sperrstunde.

Unser Rundgang ist hiemit zu Ende. Wir werfen noch einen letzten Blick auf die belebte, parallel mit dem Industriepalaste vom Westende bis zum Mozartplatze laufende

## Avenue Elisabeth,

eine der Hauptverkehrsadern des Ausstellungsrayons, welche bei dem sogenannten, wenn auch nicht offiziell so betitelten, Pilsnerthore begann und sich, wie bereits einmal erwähnt, von da bis zum Mozartplatze erstreckte. Gleich beim Eintritte winkten zur Rechten die beiden Pilsner Bierhallen und die Csarda, zur Linken die amerikanische Restauration, eine Trinkhalle und die französische Waffelbäckerei. Im Weiterschreiten: der Pavillon der Brauerei Liesing, nebenan ein Kiosk, in dem man köstlichen, frappirten Champagner glasweise bekam, links die portugiesische und schwedische Schule, der Pavillon der großen Zeitung, Schule, Restauration und Jagdpavillon von Schweden, dann, nächst des Plateaus zur Rechten der Pavillon der Jury. Jenseits des Plateaus kehrten, zur Rechten der Kaiser-Pavillon, zur Linken jener der österreichischen Sparcasse der Avenue ihre geschmackvollen Fronten zu. Nach Passirung des gedeckten Verbindungsganges, erhoben sich rechts der Parquetten-Pavillon von Neuschloß in Pest, jener der Portland-Cement-Fabrik von Perlmoos, die russische Restauration, links der Pavillon für Mineralwässer, die Specialitäten-Trafik und der Pavillon des russischen Kaisers. Die breite Allee, welche einen prächtigen Prospect erlaubte, bot mit ihren flatternden Fahnen, der großen Menge meist leiblichen Genüssen gewidmeter Pavillons, den beiden prächtigen Springbrunnen und dem steten Gewoge von Ausstellungsbesuchern aus allen Ländern und Ständen ein reiches, bewegtes Bild.

Wir glauben unsere Pflicht: dem Leser die hervorragendsten und bemerkens-werthesten Objecte im Ausstellungsrayon in kurzen Umrissen, mit Wort und Bild, zurück in das Gedächtniß zu rufen, redlich erfüllt zu haben. Freilich konnten wir nicht Alles aufnehmen; die Menge kleinerer Pavillons für Trinkhallen, Cigarren-verkauf, die Gartenzelte, sowie die einzelnen kleineren Expositionen von Industriellen, mußten wir übergehen, sonst hätten wir, selbst bei flüchtiger Schilderung, eines dickleibigen Bandes bedurft, anstatt dieser wenigen Blätter, deren Zweck ja nicht ist, eine detaillirte Beschreibung der Wiener Weltausstellung zu bringen, sondern nur der, Anregung zu geben, das Gesehene nochmals im Geiste zu schauen, und mit welchen wir unseren freundlichen Leserinnen und Lesern nichts weiter bieten wollen als eine

## Erinnerung an die Weltausstellung in Wien 1873.

# Verzeichniß der Illustrationen.



Holzschnitte und Druck der artistischen Anstalt von A. v. Waldheim in Wien.